ADOLESCENTE:

UM BATE-PAPO SOBRE SEXO

1ª edição, 2008

COORDENAÇÃO EDITORIAL: Lisabeth Bansi
ASSISTÊNCIA EDITORIAL: Patrícia Capano Sanchez
PREPARAÇÃO DE TEXTO: José Carlos de Castro
COORDENAÇÃO DE EDIÇÃO DE ARTE: Camila Fiorenza
PROJETO GRÁFICO: Caio Cardoso
CAPA: Caio Cardoso, Gustavo Gus
IMAGENS DE CAPA (fotomontagens): © unclepepin/Shutterstock, © Boiarkina Marina/Shutterstock, © Rasstock/Shutterstock, © Stock-Asso/Shutterstock
DIAGRAMAÇÃO: Caio Cardoso, Michele Figueredo
ILUSTRAÇÕES: Caio Cardoso, Gustavo Gus, Lígia Duque, Vagner Coelho
COORDENAÇÃO DE ICONOGRAFIA: Luciano Baneza Gabarron
PESQUISA ICONOGRÁFICA: Cristina Mota, Marcia Sato, Rosa André
COORDENAÇÃO DE REVISÃO: Elaine Cristina del Nero
REVISÃO: Nair Hitomi Kayo
COORDENAÇÃO DE *BUREAU*: Américo Jesus
TRATAMENTO DE IMAGENS: Arleth Rodrigues
PRÉ-IMPRESSÃO: Vitória Sousa
COORDENAÇÃO DE PRODUÇÃO INDUSTRIAL: Wilson Aparecido Troque
IMPRESSÃO E ACABAMENTO: Intergraf Ind. Gráfica Eireli.

Dados Internacionais de Catalogação na Publicação (CIP)
(Câmara Brasileira do Livro, SP, Brasil)

Ribeiro, Marcos
Adolescente: um bate-papo sobre sexo / Marcos Ribeiro. – 2. ed.
– São Paulo: Moderna, 2016.

ISBN 978-85-16-10120-6

1. Adolescentes - Comportamento sexual 2. Adolescentes - Fisiologia
3. Aparelho genital feminino 4. Aparelho genital masculino
5. Educação sexual para adolescentes 6. Puberdade 7. Sexo I. Título.

15-03067 CDD-613.951

Índices para catálogo sistemático:
1. Adolescentes: Guia sexual 613.951
2. Guia sexual: Adolescentes 613.951

EDITORA MODERNA LTDA.
Rua Padre Adelino, 758 – Belenzinho
São Paulo – SP – Brasil – CEP 03303-904
Vendas e Atendimento: Tel. (11) 2790-1300
www.modernaliteratura.com.br
2016
Impresso no Brasil

MARCOS RIBEIRO

ADOLESCENTE: UM BATE-PAPO SOBRE SEXO

2ª edição
2015

Dedico este livro a

Márcia Costa, Márcia Sangiacomo, Márcia Verônica Gonçalves, Rita de Cássia Menezes e Rosângela Santos. Estudamos juntos há muitos anos, quando tínhamos a idade de vocês. Está vendo como a amizade na adolescência pode ser para a vida toda?

Alessandra Campos e Hélio Tinoco. Não fomos amigos de escola, mas a minha amizade com os dois é a prova de que nosso trabalho pode nos apresentar amigos pelos quais nutrimos afeto por uma vida inteira... Mais tarde vocês entenderão melhor esse sentimento.

Agradecimentos

À Lisabeth Bansi, minha editora, parceira na construção deste trabalho que chega às suas mãos em forma de livro e saber.

A todos que trabalharam no livro com imagens e pincéis, escolhendo as fotos, revisando o texto, elaborando o projeto gráfico ou contribuindo para que a obra ficasse desse *jeito*, com a cara da galera.

Aos profissionais que fizeram a revisão técnica de alguns capítulos:

Capítulos 2, 3 e 7: Prof.ª Christina Gonçalves – Bióloga, Mestra em Educação da Saúde e Professora de Ciências da Rede Pública Municipal do Rio de Janeiro.

Capítulo 8: Dr. José Carlos Riechelmann – Médico Ginecologista e Sexologista, com MBA em Gestão de Serviços de Saúde.

Capítulo 12: Prof.ª Dr.ª Margarida Bernardes – Bióloga e Enfermeira, Mestra e Doutora em Enfermagem.

PREFÁCIO

Todos(as) sabemos que a sexualidade ainda é um tema cercado de mitos e interdições e que mudanças sociais e culturais importantes aconteceram ao longo da nossa história. No entanto, apesar de todo o avanço nas políticas sociais, programas educativos sobre sexualidade e gênero têm sido rechaçados das políticas públicas educacionais. O presente livro, o qual tenho a honra de prefaciar, chega em boa hora. Aborda o tema da sexualidade com transparência e objetividade. Um ponto de partida e um convite, para aqueles(as) que querem ir além e atuar como protagonistas de seu tempo e de sua própria história.

Conheci Marcos Ribeiro na década de 1990, quando nos aproximamos por conta de estudos da sexualidade humana, nos quais ambos estávamos envolvidos. Época da emergência da discussão sobre sexo e aids, momento de tratar do tema de forma mais aberta nas escolas, nas famílias e na sociedade. Nunca mais nos separamos. Encantou-me seu jeito inteligente e instigante de falar e escrever sobre sexualidade para pais, adolescentes e educadores. Ao mesmo tempo que valorizava o diálogo franco e aberto, era sensível, sensato e cauteloso, características presentes em toda a sua obra.

Impressionou-me, também, a forma sensível e democrática como Marcos comunicava o tema para todas as faixas etárias, deixando explícito o seu compromisso ético com o direito de todos e todas ao acesso a informação de qualidade e a conhecimentos científicos atualizados.

No presente livro, ***Adolescente: um bate-papo sobre sexo***, em sua 2ª edição, Marcos Ribeiro conduz o bate-papo com adolescentes com maestria, assim como faz em todas as suas produções. Não há espaço para posturas duras e adultocêntricas, mas sim para uma comunicação de mão dupla, franca, objetiva e contextualizada. Os capítulos apresentam os conteúdos de forma leve e criativa, oferecendo detalhes importantes e atualizados sobre a sexualidade humana e itens relacionados à saúde sexual e à saúde reprodutiva, aos comportamentos, relacionamentos, tomadas de decisão e aos projetos de vida e de futuro.

Os(As) adolescentes, bem como pais, mães e educadores, encontram neste livro maneiras de dialogar, de se informar, ouvir e romper com meias verdades e equívocos que por vezes se apresentam como fatos indiscutíveis. A ideia não é passar receitas prontas, mas valorizar o dinamismo, a conversa esclarecedora e os conhecimentos necessários para que as práticas e escolhas afetivas, amorosas e sexuais sejam realizadas mediante um suporte de conhecimentos e solidez.

Marcos Ribeiro é um comunicador antenado. Fala de sexualidade, gênero, prazer e respeito às diferenças. Destaca no diálogo com adolescentes a importância do lugar de cada um no mundo e as contradições dos tempos atuais. Fala de cuidados e de violências originadas nas iniquidades, nos preconceitos e nos padrões rígidos da heteronormatividade. Enfatiza que é preciso falar de gênero. Mostra que o gênero está na raiz de muitas violências. Destaca o *cyberbullying* ou *bullying* virtual, violência da modernidade, que expõe as pessoas e sua intimidade, e como ele afeta diretamente adolescentes e jovens.

Essa nova contribuição de Marcos Ribeiro certamente vai fazer a diferença nas tomadas de decisão sexuais e reprodutivas de muitos(as) adolescentes. No contexto educativo, é sem dúvida um instrumento atualizado para que pais, mães e educadores encontrem formas de falar sobre preconceitos, sexismo, homofobia, gênero e violências e desde cedo auxiliem no desenvolvimento de um olhar crítico sobre as iniquidades. O autor faz parte de uma geração de educadores incansáveis na disputa para legitimar e manter todos os progressos relacionados à discussão democrática sobre sexualidade, na esperança de que toda uma geração possa usufruir dessas conquistas civilizatórias.

Sylvia Cavasin
Socióloga. Fundadora da ECOS – Comunicação em Sexualidade.
Coordena a REGES – Rede de Gênero e Educação em Sexualidade.

SUMÁRIO

INTRODUÇÃO

Galera, vamos começar nosso papo? Chame os pais ou responsáveis e professores para participar desta conversa. Vamos ter uma conversa bem bacana, que vai ajudar você agora, nessa idade, e por toda a vida.

A conversa é sobre sexo: a descoberta do corpo, a responsabilidade que é importante ter, a prevenção, o namoro, a gravidez e outros temas que não podem ficar fora do papo, como a violência e os cuidados de não se expor na internet.

Nessa conversa vamos ter muita informação, orientação, curiosidades, dicas para complementar a leitura e reflexão. É importante ficar "ligado", principalmente no momento em que nossa sociedade passa por grandes transformações. Vamos discutir também sobre preconceito, discriminação e valores.

Eu sei que a adolescência é uma fase muito difícil, que nem todo mundo entende. Se, num momento, você se acha gente grande, logo a seguir tem um comportamento que parece de criança. Isso tudo é natural, até porque é um mundo novo e nem sempre as respostas vêm tão fácil assim, não é mesmo?

A sexualidade é uma parte importante de todos nós, mas o que acontece é que, na adolescência, a garotada acha que tudo só acontece com ela. Engano. Os amigos passam pelas mesmas situações. As dúvidas surgem porque a adolescência é a época das incertezas, dos medos e das escolhas. Mas calma! Tem muita coisa boa: os primeiros amores, o grupo de amigos, as descobertas e um mundo novo que se apresenta cheio de novidades... Só é preciso ter responsabilidade! A adolescência é, também, a etapa entre a vida de criança e a de adulto, que se aproxima.

O papo que vamos ter aqui vai ser de forma clara, leve, sem rodeios, respeitando sua opinião (e também da sua família e dos professores), sem dizer o que é certo ou errado.

Numa conversa nem tudo é definitivo. Este é apenas um primeiro passo, importante, mas muitos outros virão.

Boa leitura e um abraço fraterno.

Marcos Ribeiro

UM BATE-PAPO SOBRE SEXO

O QUE É SEXO?

Sexo é o que identifica homem e mulher.

Essa identificação se dá, basicamente, através dos órgãos sexuais: o homem tem pênis, e a mulher, vulva. De início podemos dizer que o sexo está relacionado às questões físicas do corpo (biológicas).

Essas diferenças, junto com outras, fazem com que uma pessoa pertença ao sexo masculino ou ao sexo feminino.

O sexo também é usado, muitas vezes, como sinônimo de relação sexual – por exemplo, "vou fazer sexo".

Mas a atitude da pessoa nessa relação – o que gosta de fazer, suas fantasias e toda imaginação – já é manifestação da sua sexualidade. O conjunto desses fatores é que faz com que as pessoas se aproximem e se atraiam.

A sexualidade também está presente quando alguém quer namorar ou "ficar" com uma pessoa e não com outra; quando se sente atraído por uma pessoa e tem fantasias com ela.

Quando você está descobrindo o próprio corpo e o prazer que ele proporciona, também está descobrindo a própria sexualidade.

O sexo e a sexualidade servem para que as pessoas se encontrem umas nas outras, possam se amar, se reproduzir, realizar seus desejos e ser felizes.

O que acontece é que alguns jovens, assim na sua idade, têm relação sexual muito cedo, para "experimentar", "ver como é" ou "entrar na onda" dos colegas. Aí não é uma boa! É preciso saber o que se está fazendo e **ter muita responsabilidade**.

Algumas garotas têm relação sexual com o namorado apenas para provar que gostam dele. E muitos garotos, às vezes, não estão nem a fim, mas saem com a garota só para mostrar aos amigos que são homens. Não é legal nem uma coisa nem outra! O início da vida sexual é algo muito sério e importante. Se há muita dúvida na cabeça, então, não é o momento adequado.

RESUMINDO
sexo → corpo biológico
sexualidade → sentimentos, desejos, fantasias...

SEXUALIDADE:
NEM SEMPRE FOI ASSIM NEM É IGUAL EM TODO LUGAR

A construção do sexo e da sexualidade não se dá apenas pelo lado biológico, mas a cultura influencia muito nesse sentido. E isso faz com que garotos e garotas pensem de modo diferente, às vezes diante da mesma situação. Se aqui mesmo, no nosso país, percebemos diferenças entre uma região e outra, imagine como não deve ser em outros cantos do mundo?

Muito do que pensamos e fazemos reflete as influências que recebemos desde que nascemos. E isso nos leva a pensar: Será que é desse jeito que queremos? Será que podemos mudar alguma coisa?

Os conceitos também mudam, dependendo da época. O que era *sexy* no passado, hoje em dia já não é mais. E dependendo da cultura, ser *sexy* tem um significado bem diferente (veja o quadro da página 13).

O conceito de beleza também é muito relativo. No passado, ser bela era ser rechonchuda, gordinha. Hoje a beleza está em ter um corpo sarado, malhado em academia. O que esperar do futuro?

Alguns garotos e garotas podem dizer: "Nada a ver!".

O importante é que cada um, dentro de suas condições, tenha uma alimentação saudável e pratique exercícios físicos, sempre com a orientação de um professor de educação física.

Outras culturas, outros tempos

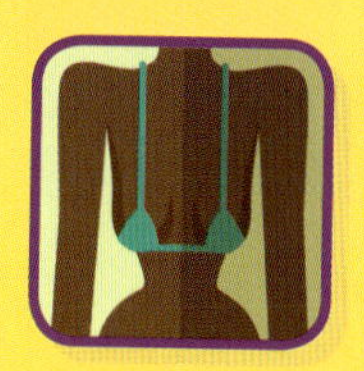

Na **África Ocidental**, é *sexy* ter seios caídos. Para vocês terem uma ideia, houve época em que as mulheres desse lugar amarravam pesos nos seios para forçar isso.

Na **África do Sul**, é *sexy* ter lábios avantajados. As meninas os esticam desde crianças para torná-los mais compridos.

No norte do **Japão**, é *sexy* ter tatuagens no rosto, que parecem bigodes.

No **Irã**, é bonito ter sobrancelhas espessas, que formam uma única linha, sem a separação entre uma e outra.

Nas **Filipinas**, é *sexy* ter dentes aguçados (meio pontudos).

No **Brasil**, é *sexy* ter o "bumbum" grande.

Esses são apenas alguns exemplos para você ver como a sexualidade depende da cultura, do momento histórico (mudou muito da época das nossas avós até hoje), da estrutura psicológica (que é o que a gente pensa e sente) e da influência na relação com os pais e da educação que eles nos deram.

E por falar nos pais ou responsáveis, é importante que vocês entendam uma coisa:

Às vezes eles têm dificuldade em entender você, sim, mas será que você também não tem a mesma dificuldade para compreender e aceitar o que eles dizem? Parece que para tudo que vem deles a resposta é "Não!".

Mas é legal vocês mudarem esse jeito, senão vai ser uma guerra dentro de casa, e ninguém vai se entender. Quando o assunto é sexo, então, aí mesmo que é importante sentar e conversar. Quanto mais aberto for o papo, melhor será a troca de informações. Assim, todos saem ganhando.

Muitos garotos e garotas dizem que sua família é careta. Pode ser que sim, mas é com essa caretice e uma outra visão das coisas que os pais vão passar valores, experiências e toda a proteção necessária, que serão muito importantes para suas vidas, mesmo que essa garotada insista em dizer que já é grande.

O CORPO E SUAS MUDANÇAS

De repente, o corpo começa a mudar e, se alguns colegas "não estão nem aí", outros começam a ficar preocupados em saber se são normais. Essa preocupação é natural, até porque é um mundo novo, com o corpo ficando de um jeito até então desconhecido para você. Não adianta dizer "isso só acontece comigo!", uma vez que ocorre com a maioria dos garotos e garotas que estão entrando na puberdade.

© FOTO: TOMERTU/SHUTTERSTOCK | ILUSTRAÇÃO: GUSTAVO GUS

O QUE É PUBERDADE?

A puberdade é o período – normalmente entre os 10 e 12 anos – em que ocorrem as mudanças físicas de meninos e meninas; a fase em que pai e mãe costumam dizer que a filha está ficando uma "mocinha", e o filho, um "rapaz". O corpo passa a chamar a atenção, principalmente dos outros jovens.

As primeiras transformações do corpo, na puberdade, são as responsáveis pelo amadurecimento da sexualidade.

Aos 12 anos a garotada entra na adolescência.

ADOLESCÊNCIA???

Isso mesmo! A adolescência, que chega simultaneamente ou começa um pouquinho depois da puberdade, é o período em que acontecem, além das mudanças físicas ou de sua continuidade, as mudanças psicológicas (aquelas que passam pela sua cabeça, como os sentimentos e o jeito de pensar) e sociais (as que fazem você ver o mundo de uma maneira diferente).

A adolescência varia nos dois sexos e depende da carga genética, da influência do ambiente e de fatores emocionais.

© GUSTAVO GUS

Para o Estatuto da Criança e do Adolescente (ECA), criado em 1990, a adolescência é o período que vai dos 12 aos 18 anos de idade.

Para a Organização Mundial da Saúde (OMS), a adolescência vai dos 10 aos 19 anos e é dividida em 3 partes: puberdade, adolescência propriamente dita e adolescência tardia.

Neste livro, nossa referência é o ECA.

É muito importante entender que as pessoas são diferentes – caso você venha a fazer alguma comparação com os colegas, primos ou amigos e amigas inseparáveis –, pois logo vai perceber no seu corpo algo diferente. Nada de comparações: as pessoas são diferentes e têm jeitos diferentes; cada uma cresce no seu ritmo e nem por isso é melhor ou pior que você.

Na adolescência, é comum ficar magoado por qualquer motivo; sofrer por algo que depois você vai ver que nem merecia tanto sofrimento; achar que pai e mãe não entendem e, também, querer mudar o mundo com seus sonhos. Não é um pouco isso que acontece com você?

É importante entender que isso acontece com todo mundo: aconteceu comigo, com seus pais, seu professor e até com aquela pessoa que você considera o máximo! Essa fase faz parte do aprendizado e crescimento de todas as pessoas.

Com tantas descobertas, uma que não fica de fora é a paixão – garotos e garotas se descobrem um ao outro, fazem planos e experimentam o carinho e o contato do corpo, o que não significa ter relação sexual. É só namoro.

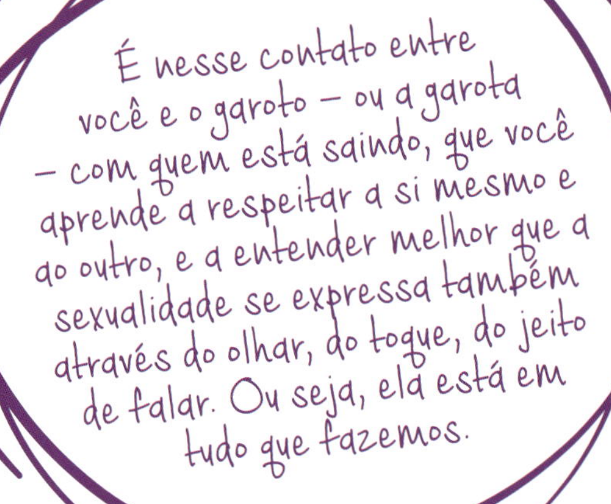

É nesse contato entre você e o garoto – ou a garota – com quem está saindo, que você aprende a respeitar a si mesmo e ao outro, e a entender melhor que a sexualidade se expressa também através do olhar, do toque, do jeito de falar. Ou seja, ela está em tudo que fazemos.

Aprende, também, que sexo é bom e gostoso e que as pessoas podem amar de formas diferentes, mas que essa diferença não significa desigualdade, e que é preciso **responsabilidade**. Não pode rolar esse papo de "vamos aproveitar hoje, porque amanhã não tem mais". Muito pelo contrário, quanto mais a cabeça estiver no lugar na hora das decisões, mais tranquilidade você terá para viver a vida sem culpa, medo ou arrependimento.

Isso é legal a gente falar porque, na adolescência, a garotada vai muito pela cabeça dos amigos. Eles são muito importantes para todos nós, mas não podemos deixar de lado nossa opinião; devemos saber distinguir o que é certo e o que é errado. Não dá para fazer uma porção de coisas, só porque o amigo ou o grupo acha que está certo. Pense primeiro! E quando houver alguma dúvida, procure uma pessoa de confiança para conversar.

© CAIO CARDOSO

O CORPO DOS GAROTOS

Como vimos, antes dos 12 anos acontecem mudanças no corpo dos garotos. Mas não adianta ficar encucado, porque nem todos seguem o mesmo ritmo. Às vezes, você tem um colega de 13 anos que já está grandão, e outro, com a mesma idade, não apresenta mudanças aparentes. Então, como você pode ver, não dá para fazer comparações.

Essas mudanças se dão num ritmo bastante rápido. E continuam até os 18 anos, mais ou menos. A esse crescimento acelerado na altura damos o nome de estirão, e os garotos ficam mortos de vergonha. E isso porque crescem meio desengonçados, os braços e as pernas mais rapidamente, até entrarem num ritmo normal.

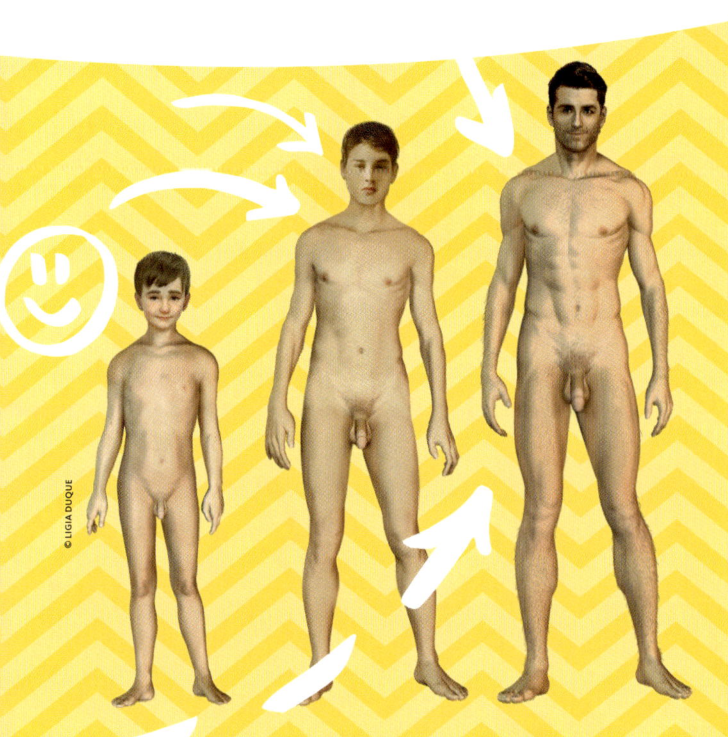

© LIGIA DUQUE

MAS ESSAS MUDANÇAS NÃO PARAM POR AÍ:

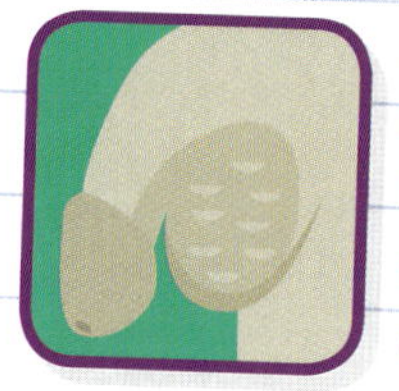

A bolsa escrotal, que contém os testículos e a gente normalmente chama de "saco", fica um pouco mais escura e enrugada.

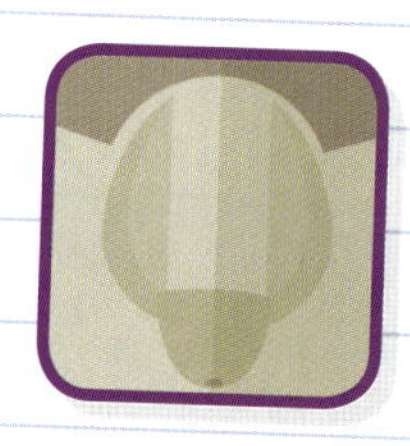

O pênis aumenta de tamanho. De início é comum o corpo se desenvolver primeiro e o pênis ainda ter aquele aspecto infantil, até atingir depois o tamanho normal, que varia de indivíduo para indivíduo, e que permanecerá assim ao longo da fase adulta.

Crescem pelos nas axilas, no corpo, em volta do pênis (região conhecida como púbis) e na bolsa escrotal. No rosto também começa a aparecer barba e muitos garotos cultivam esses primeiros pelos como sinal de que "já sou um homem!".

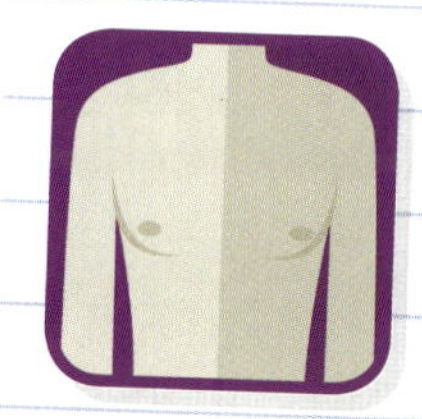

A voz engrossa (ficando mais grave) e há um desenvolvimento do tórax.

© CAIO CARDOSO

© CAIO CARDOSO

Meu bigode. ❤ 5.000 likes

Todas essas transformações são provocadas pelo hormônio denominado **testosterona**, que começa a ser produzido nos testículos, sob o comando do cérebro. Esse hormônio é responsável pelo crescimento do pênis, pelo desenvolvimento da musculatura, pelo engrossamento da voz e também ajuda no estímulo sexual, fazendo com que o desejo fique mais forte. É por isso, inclusive, que o garoto pode ter várias ereções só de pensar em sexo.

O CORPO DAS **GAROTAS**

As garotas têm o início das suas mudanças mais ou menos na mesma idade dos meninos, mas cada uma dentro do seu ritmo. Pode ser um pouquinho antes ou depois, mas nada de comparações.

O estirão para as garotas se dá até a primeira menstruação (também chamada de **menarca**).

A diferença é que enquanto os meninos crescem para cima, e esse crescimento pode durar uns dois anos ou um pouco mais, as meninas crescem para os lados e para cima num tempo bem menor, não chegando a um ano.

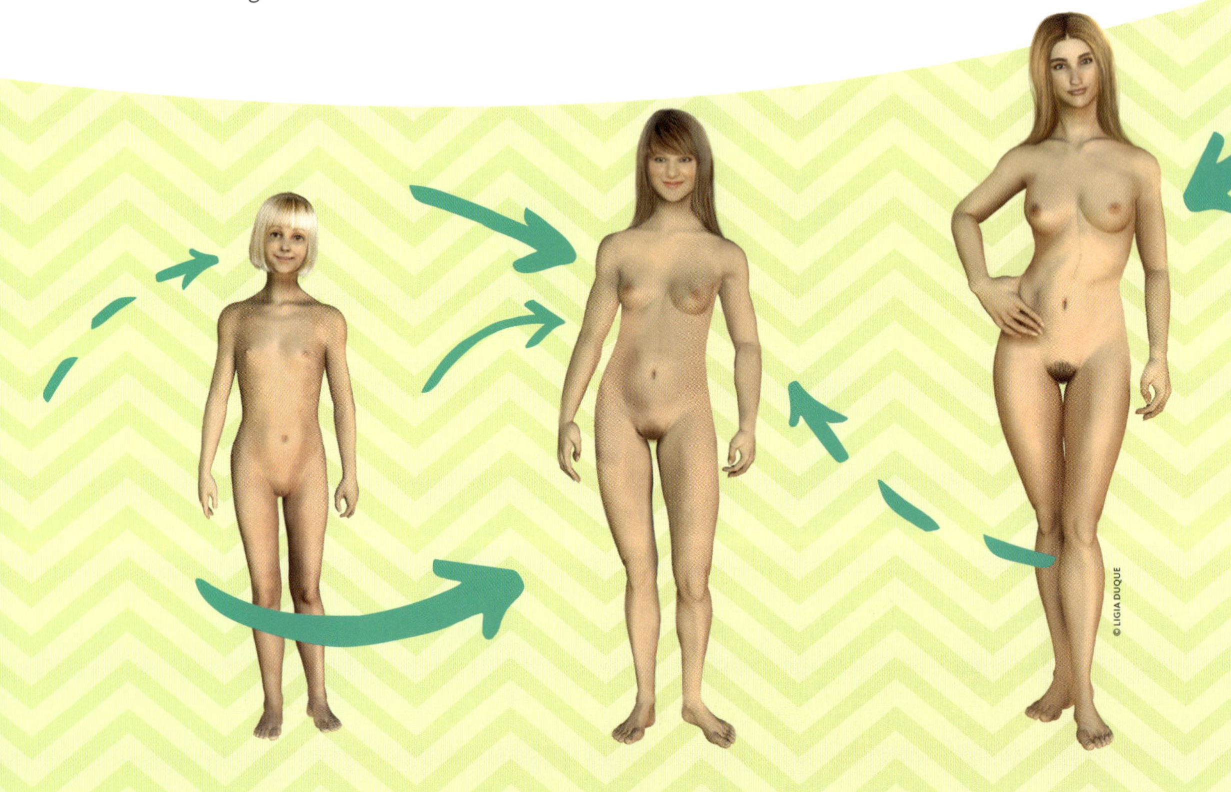
© LIGIA DUQUE

É bom que as meninas saibam e não tenham dúvida: começar a puberdade mais cedo ou um pouco mais tarde, em ritmo diferente das colegas, não interfere na sexualidade. Isso é mais uma etapa do desenvolvimento. O mesmo recado vale para os garotos.

AS MUDANÇAS NÃO PARAM POR AÍ:

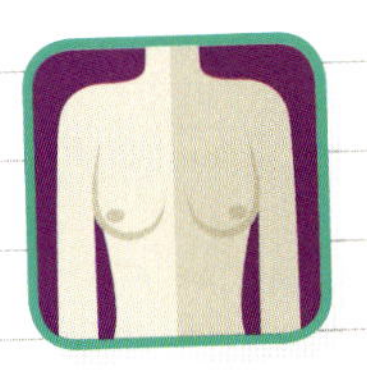

Os seios começam a crescer e nesse período pode doer um pouquinho. É comum um seio crescer mais do que o outro, mas com o passar do tempo e o seu desenvolvimento, essa diferença diminui. Se toda mulher olhar com atenção, vai ver que seus seios não são do mesmo tamanho.

O fator genético (de mãe, avó... para filha) é o principal determinante para o tamanho e formato dos seios. Alguns são mais arredondados, e outros, mais pontudos.

O órgão sexual muda também: os grandes e pequenos lábios ficam um pouco mais escuros e crescem pelos na região genital.

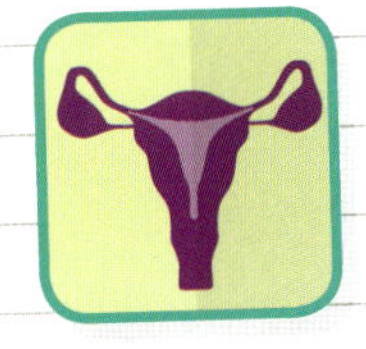

Os órgãos reprodutores (ovário, útero) também se desenvolvem, sinalizando que a menina já é mulher e que já pode ter filhos, caso venha a ter uma relação sexual e não utilize nenhum método anticoncepcional.

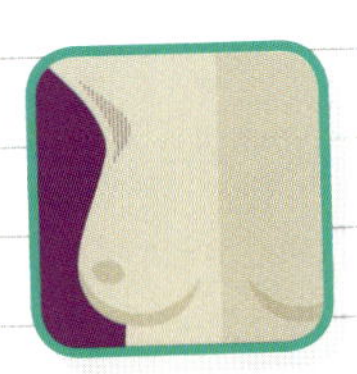

Crescem pelos nas axilas e na região pubiana, e as meninas começam a se depilar.

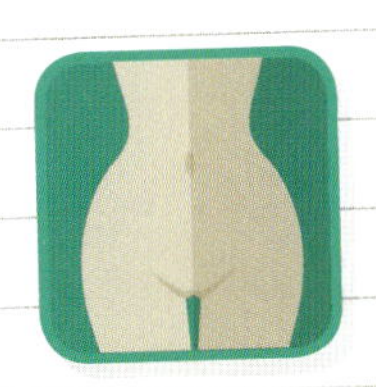

O quadril fica mais largo, o “bumbum” e as coxas ficam mais arredondados.

Todas essas mudanças também são provocadas pela produção de hormônios, que preparam o corpo da menina para a menstruação.

As mudanças que ocorrem com o corpo das meninas e, em particular, o desenvolvimento dos seios, costumam causar muita vergonha. É comum as meninas colocarem uma camiseta por baixo da blusa da escola para esconder até mesmo o sutiã. Ou então, quando passa um menino, a mochila é logo colocada de outro jeito para esconder os seios.

Mas pra que essa vergonha? É uma etapa natural do desenvolvimento. Não pensem elas que os garotos também não sentem vergonha com as mudanças no próprio corpo; sentem, sim!

O QUE ACONTECE **COM GAROTOS E GAROTAS** AO MESMO TEMPO

Importante vocês saberem:

Na puberdade, o hipotálamo, que é uma área do nosso cérebro, manda uma mensagem para a glândula chamada hipófise, que também se localiza na nossa cabeça. A hipófise, então, começa a produzir **hormônios**, que caminham pelo sangue.

Nos meninos, esses hormônios vão ativar os testículos, que passam a produzir os espermatozoides e mais hormônios, como a testosterona, da qual já falamos. Isso significa que o garoto, ao ter relação sexual com uma garota, já pode engravidá-la. Então, cuidado garotos!

Já nas meninas, os hormônios vão ativar os ovários, que, por sua vez, vão produzir dois outros hormônios: o estrogênio (que estimula o desenvolvimento dos órgãos reprodutores, sexuais e dos seios) e a progesterona (que será responsável por engrossar a parte interna do útero – onde fica o bebê quando a mulher está grávida). Assim, os ovários, estimulados pelos hormônios, amadurecem, e uma vez por mês liberam um ovócito (no próximo capítulo explico com mais detalhes). É a partir desse momento que começa a menstruação. E isso significa, também, que as meninas podem engravidar se tiverem relação sexual. Pra vocês, meninas, também o mesmo recado: tenham cuidado, hein!

A grande produção dos hormônios na puberdade estimula as glândulas sebáceas, fazendo com que a pele fique mais oleosa e, com isso, facilite o aumento de cravos e espinhas. O correto a fazer, nesse momento, é manter a pele sempre limpa: e nada de espremer!

© R.IEGOSYN/SHUTTERSTOCK

Outras culturas, outros tempos

As garotas

Na aldeia Kamayurá (Alto Xingu/MT), ao menstruar pela primeira vez, a menina fica reclusa. Nesse período, que pode durar até um ano, ela aprende a cozinhar, fazer artesanato e se prepara para ser mãe. Durante esse tempo ela mantém os tornozelos e os joelhos envolvidos com tiras de pano, o que faz engrossar o restante das pernas, e não corta os cabelos, para que a franja esconda seu rosto. Ao final, ela recebe um novo nome e é considerada adulta e pronta para o casamento.

Os garotos

Entre os Tupinambás (etnia indígena que habitava a maior parte da faixa litorânea, que ia da foz do rio Amazonas até o litoral paulista), quando nascia um menino, o pai cortava-lhe o umbigo com os dentes. A seguir, o bebê era colocado numa pequena rede, onde eram amarradas unhas de onça ou de uma ave de rapina, e também, um pequeno arco e algumas flechas. Esses cuidados eram tomados para que o menino se tornasse valente e disposto a guerrear contra os inimigos.

ÓRGÃOS SEXUAIS

APARELHO GENITAL **MASCULINO**

ÓRGÃOS EXTERNOS

PÊNIS

É o órgão sexual do garoto e tem duas partes: a **glande** (cabeça do pênis) e o **corpo**.

O pênis tem a função sexual reprodutiva (de levar o sêmen para dentro da vagina da mulher), a urinária (fazer xixi) e a de proporcionar prazer ao homem na hora da relação sexual ou quando é tocado.

A pele que cobre a cabeça do pênis é o prepúcio. Por dentro, o pênis é composto de 2 **corpos cavernosos** e 1 **corpo esponjoso**, que funcionam assim: os corpos cavernosos se enchem de sangue quando o homem está excitado – é como uma caverna mesmo, com canais vazios. O corpo esponjoso se enche de sangue, lembrando uma esponja quando colocamos na água e ela incha. É mais ou menos desse jeito.

Isso acontece quando o homem se excita e fica com o pênis duro. Dizemos, então, que o pênis está ereto. E é uma sensação muito prazerosa.

BOLSA ESCROTAL (SACO)

Está localizada embaixo do pênis. É na bolsa escrotal que ficam os dois **testículos**.

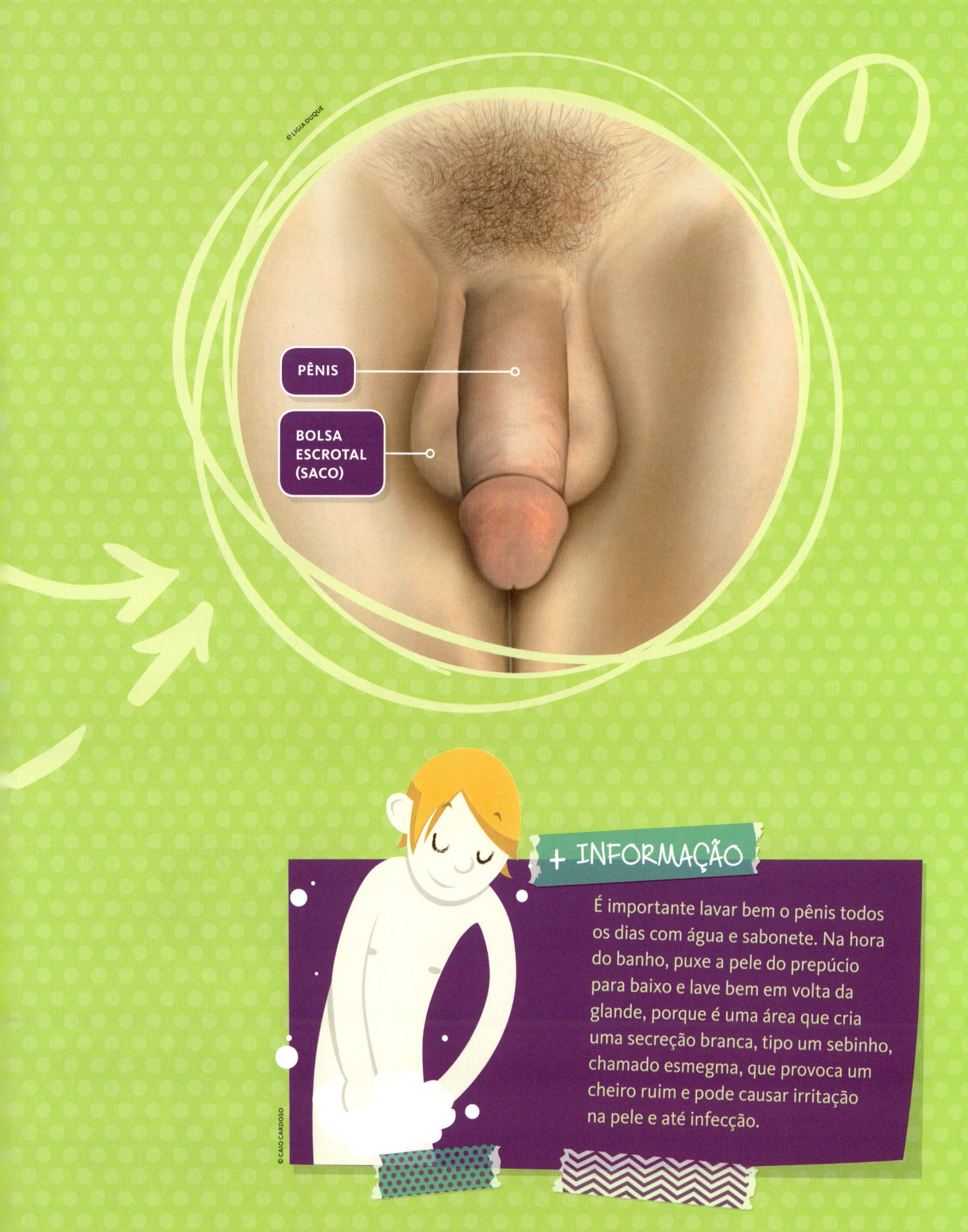

+ INFORMAÇÃO

É importante lavar bem o pênis todos os dias com água e sabonete. Na hora do banho, puxe a pele do prepúcio para baixo e lave bem em volta da glande, porque é uma área que cria uma secreção branca, tipo um sebinho, chamado esmegma, que provoca um cheiro ruim e pode causar irritação na pele e até infecção.

ÓRGÃOS INTERNOS

1 TESTÍCULOS

Os dois testículos ficam dentro da bolsa escrotal. Sua função é a produção de espermatozoides (que são as células reprodutoras masculinas) e do hormônio masculino, a testosterona.

Os testículos, mesmo dentro do saco, ficam fora do corpo, porque precisam de uma temperatura mais baixa que a do corpo para a produção de espermatozoides, que é contínua. A temperatura ideal é de 1 °C a menos que a temperatura normal do nosso corpo. Para você ter uma ideia, a temperatura do nosso corpo é de mais ou menos 36,5 °C. A da bolsa escrotal, então, é de 35,5 °C.

Sabe o que acontece quando está aquele frio danado? A bolsa escrotal se contrai e pega carona no contato com o corpo, aquecendo-se. Mas quando está calor, ela fica mais solta, relaxada, afastada um pouco mais do corpo para manter a temperatura ideal.

2 URETRA

É o canal que sai da bexiga e passa por dentro do pênis, e tem a função de **eliminar a urina** (xixi) que vem da bexiga e, também, o esperma durante a ejaculação. Quando os espermatozoides estão saindo, um músculo perto da bexiga fecha a passagem da urina. Mas fique tranquilo, não existe o risco de sair urina e esperma ao mesmo tempo. No homem, a uretra é um órgão comum aos sistemas urinário e reprodutor. Na mulher, faz parte só do sistema urinário.

3 EPIDÍDIMO

É um pequeno canal ligado aos testículos. Depois de produzidos, os espermatozoides amadurecem no epidídimo, onde ficam guardados até ocorrer a ejaculação.

4 CANAIS DEFERENTES

São dois canais que saem cada um de um testículo. É através dos canais deferentes que os espermatozoides passam quando saem do epidídimo, onde estavam armazenados. Depois passam pela uretra, até sair do pênis – a essa saída, chamamos de **ejaculação**. Nesse momento, ocorrem algumas contrações e o sêmen sai em forma de jatos. O homem tem uma sensação muito prazerosa, muito boa, que é o orgasmo.

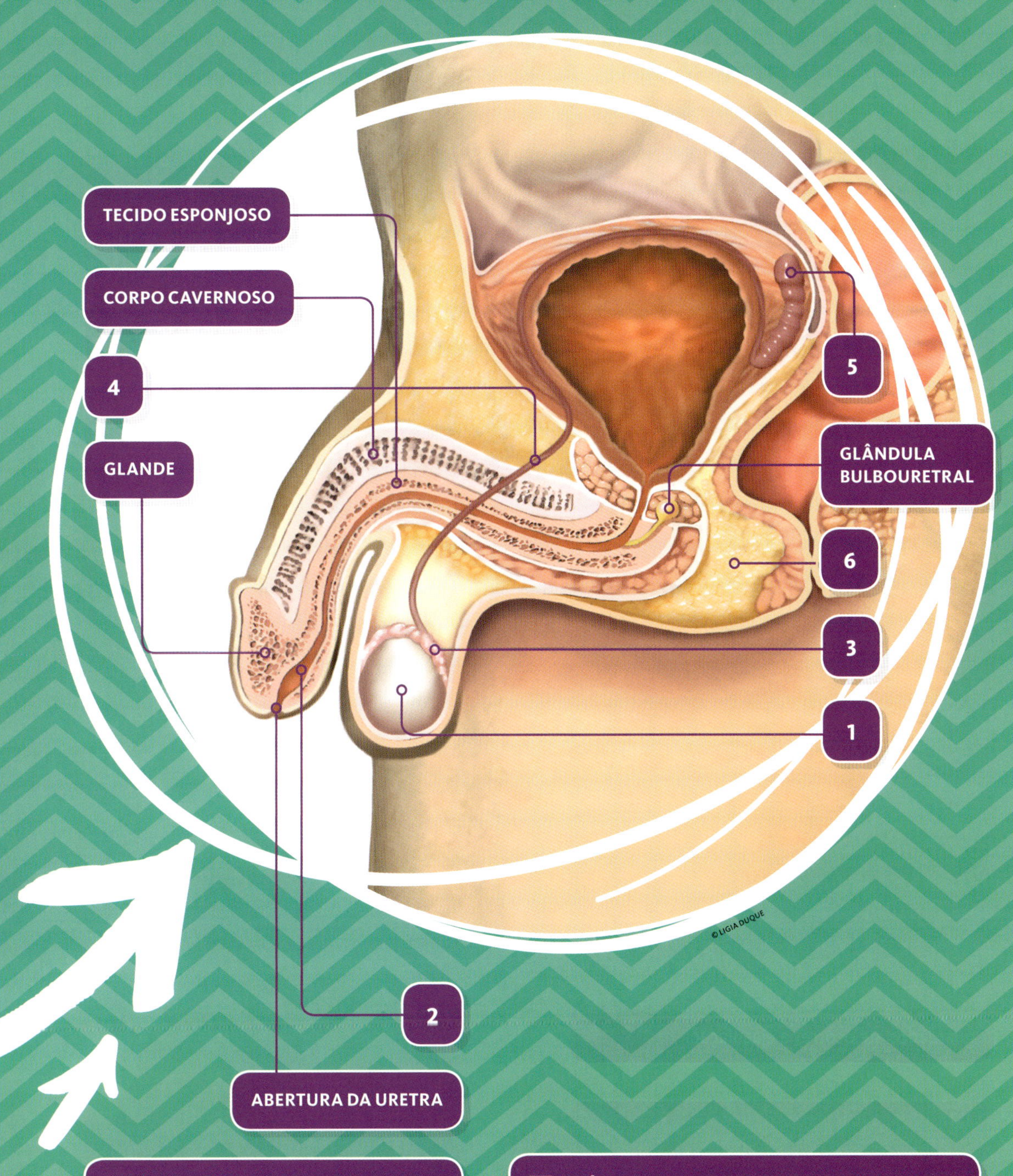

5 VESÍCULAS SEMINAIS

As vesículas seminais são duas glândulas que se localizam abaixo da bexiga. Quando os espermatozoides saem do epidídimo e estão seguindo pelos canais deferentes, eles se juntam a um líquido produzido pelas vesículas seminais. Esse líquido vai nutrir os espermatozoides, além de formar o esperma.

6 PRÓSTATA

A próstata também é uma glândula. Ela produz um líquido que, ao se juntar ao líquido das vesículas seminais, forma o esperma ou sêmen, que é esse líquido que sai pelo pênis na hora da ejaculação. Esse líquido produzido pela próstata elimina a acidez da uretra. Se essa acidez não for eliminada, prejudica os espermatozoides, impedindo que ocorra a fecundação.

ESPERMATOZOIDE

O espermatozoide se divide em três partes: cabeça, colo (ou pescoço) e cauda.

A **cabeça**, que constitui o maior volume do espermatozoide, contém o núcleo com seus **23 cromossomos**, que são a contribuição do homem para a formação genética da criança. Os outros 23 cromossomos estão no ovócito da mulher.

Na parte da frente da cabeça há uma enzima, que é um líquido responsável por dissolver a membrana que envolve o ovócito, para que o espermatozoide possa entrar nele e, com isso, permitir a fecundação. Essa substância que fica em volta do ovócito, que parece um gel, se chama **zona pelúcida**. Quando o único espermatozoide consegue entrar, essa substância endurece, impedindo que os demais espermatozoides consigam penetrar. Eles são absorvidos pelo organismo e isso não faz mal nenhum. O mesmo acontece com os que não foram ejaculados, são absorvidos pelo tecido nos testículos.

As outras duas partes do espermatozoide, o **colo** e o **corpo**, têm material que pode se converter em energia e se mover livremente depois da ejaculação, até chegar às tubas uterinas. Esse movimento acontece porque sua cauda, que parece um girino, se movimenta para frente e para trás, fazendo o seu deslocamento.

Um homem sadio produz cerca de 72 milhões de espermatozoides por dia. Mas eles são tão pequenininhos que, além de não serem vistos a olho nu, não fazem volume. O processo de produção do espermatozoide é chamado de espermatogênese. Essa produção é contínua até a morte, mas seu volume é bem menor à medida que a idade do homem avança.

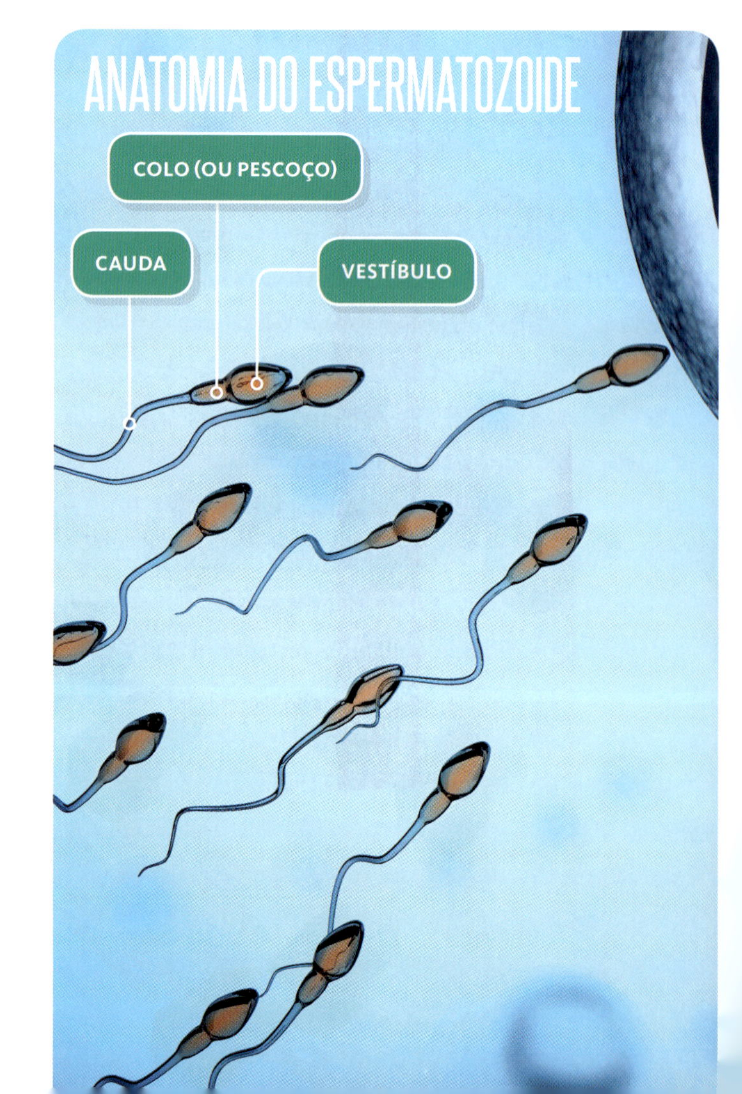

Hora do papo reto

O tamanho do pênis influencia na relação sexual?
Garoto, 14 anos.

De início, é importante saber que o tamanho do pênis é determinado geneticamente, quer dizer, passa de pai para filho, assim como outras características do corpo. Então, não tem como mudá-lo. Assim como existem homens altos, baixos ou com o nariz maior, menor ou meio tortinho, com o pênis acontece a mesma coisa, e isso não significa que o tamanho é que vai proporcionar mais ou menos prazer.

O prazer sexual independe do tamanho do pênis. E uma relação sexual não envolve só penetração, mas carinho, fantasias e muita criatividade.

O pênis pode diminuir de tamanho, por exemplo, no frio, quando fica mais encolhido. Mas depois volta ao normal, como antes da ereção.

Uma coisa importante a saber é o seguinte: a vagina (por onde entra o pênis numa relação sexual) esticada mede 14/15 cm. Portanto, é bobagem ficar preocupado com o tamanho do pênis, ou achar que "quanto maior mais elas vão gostar". Para com isso, galera!

Morro de vergonha, amanheço sempre com a cueca melada!
Garoto, 13 anos.

Quando o garoto chega à puberdade – pelo fato de ainda não ter vida sexual e a masturbação não ser frequente –, é comum ter sonhos eróticos e acabar ejaculando à noite, enquanto dorme. A isso damos o nome de **polução noturna** e não há controle nenhum sobre ela. Mas não precisa ficar preocupado: isso é normal e acontece com os homens, principalmente quando mais jovens, e mais ainda na sua idade.

APARELHO GENITAL **FEMININO**

ÓRGÃOS EXTERNOS

A **VULVA** é a parte externa do órgão sexual feminino, onde encontramos:

ABERTURA DA VAGINA

É a entrada da vagina.

MONTE DE VÊNUS

É também chamado de púbis. Tem formato triangular e apresenta maior quantidade de pelos, a partir da puberdade.

GRANDES LÁBIOS

É a parte mais externa da vulva, coberta por pelos. Os grandes lábios começam no monte de Vênus e terminam no períneo, que é o espaço entre a abertura da vagina e o ânus.

PEQUENOS LÁBIOS

São finos e mais internos. Eles se modificam e "crescem" um pouquinho quando a mulher está excitada e na hora da relação sexual, quando o pênis entra na vagina. Na parte de cima, eles se juntam e formam o clitóris, que é friccionado durante a penetração, facilitando o orgasmo.

CLITÓRIS

É um órgão bem pequeno, localizado acima da uretra e o principal responsável pelo prazer sexual da mulher. Quando a mulher está excitada, ele se enche de sangue e aumenta de tamanho, possibilitando, com isso, o orgasmo.

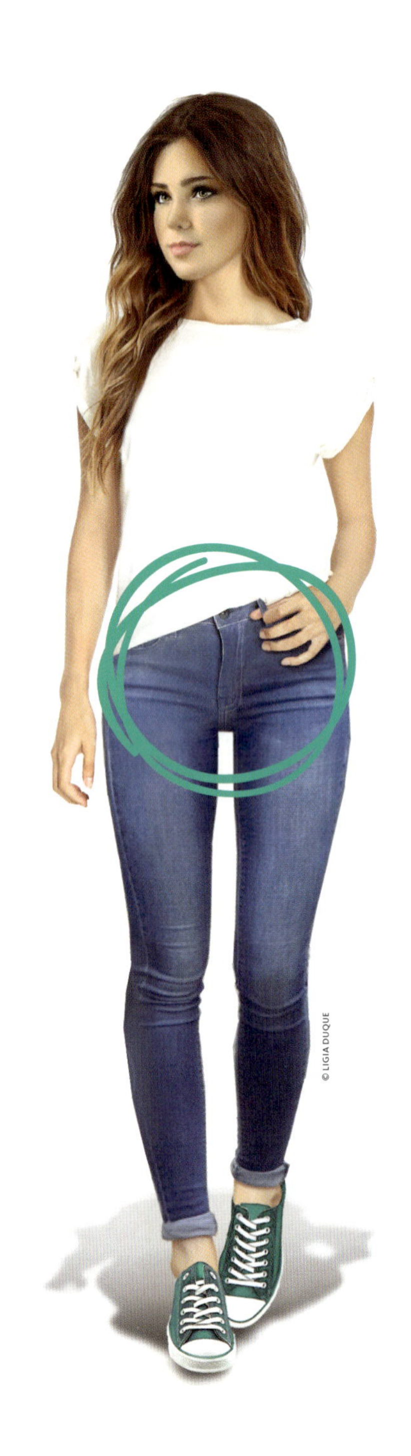

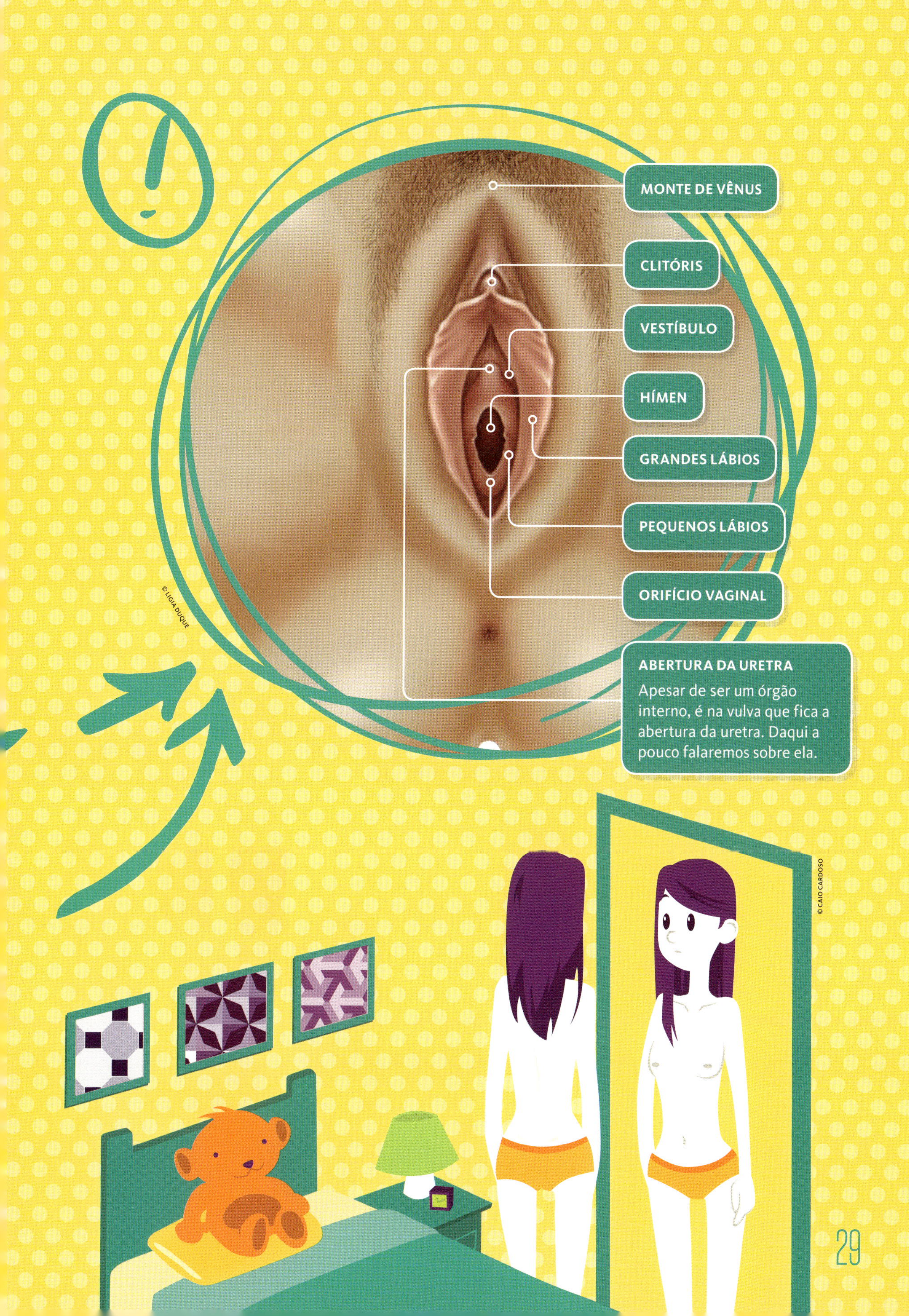
MONTE DE VÊNUS
CLITÓRIS
VESTÍBULO
HÍMEN
GRANDES LÁBIOS
PEQUENOS LÁBIOS
ORIFÍCIO VAGINAL
ABERTURA DA URETRA
Apesar de ser um órgão interno, é na vulva que fica a abertura da uretra. Daqui a pouco falaremos sobre ela.
© LIGIA DUQUE
© CAIO CARDOSO

ÓRGÃOS INTERNOS

1 ÚTERO

O útero é o lugar onde o feto (futuro bebê) se desenvolve durante toda a gravidez. Nesse período o útero chega a medir 27 cm. Depois do parto, leva mais ou menos seis semanas para retornar ao tamanho original, que é próximo de uma mão fechada em punho.

A parede interna do útero é revestida com uma mucosa que se chama endométrio.

O colo do útero é a parte mais estreita; tem um buraquinho que permite que saia o sangue da menstruação. É por aí, também, que entram os espermatozoides, na relação sexual.

2 TUBAS UTERINAS

Também chamadas de **trompas de Falópio**, as tubas uterinas saem como um tubo, uma de cada lado do útero. Quando chegam ao ovário, elas se abrem e a imagem lembra uma flor.

No seu final, as tubas têm algo que lembra uma franja. São os cílios que, com movimentos lentos, todo o mês "pegam" o ovócito que sai de um dos ovários e o transportam até o útero.

Se nesse caminho o ovócito encontra o espermatozoide, ocorre a fecundação, o que significa que a mulher está grávida. Se isso não acontecer, ocorre a menstruação.

URETRA

Mesmo tendo o buraquinho de entrada na vulva, a uretra é um órgão interno. Mas vale destacar que a uretra faz parte do sistema urinário e **não** do reprodutor.

A função da uretra é levar a urina da bexiga para fora do corpo da mulher.

3 OVÁRIOS

A mulher tem **dois** ovários, um de cada lado do útero.

É nos ovários que os ovócitos ficam armazenados e amadurecem. E não é pouca coisa, não. Para você ter uma ideia, quando a mulher nasce, têm 400 mil ovócitos imaturos nos dois ovários.

São os ovários, também, os responsáveis pela produção dos hormônios sexuais femininos: estrogênio e progesterona.

Todo mês, no ciclo menstrual, um ovócito amadurece em um ou outro ovário, alternadamente. Ao sair desse ovário, como vimos, é levado pela tuba uterina até o útero. A essa saída do ovócito do ovário damos o nome de **ovocitação**.

Em alguns casos a mulher pode liberar, em cada ovocitação, um ovócito de cada ovário e, se forem fecundados – cada um por um espermatozoide –, darão origem a gêmeos bivitelinos ou fraternos.

No entanto, quando o espermatozoide fecunda o ovócito e esse, depois de fecundado, no seu processo de divisão celular, se divide em dois, nascem os gêmeos univitelinos, aqueles em que os irmãos são idênticos.

4 VAGINA

Mesmo tendo sua abertura na vulva, a vagina é um órgão interno.

É um canal muscular e elástico, que vai da vulva até o colo do útero. A vagina tem uma sensibilidade maior logo na sua entrada, porque é ali que se concentra uma quantidade maior de terminações nervosas.

É pela vagina que entra o pênis na relação sexual; que sai a menstruação e por onde passa o bebê, quando a mulher tem parto normal.

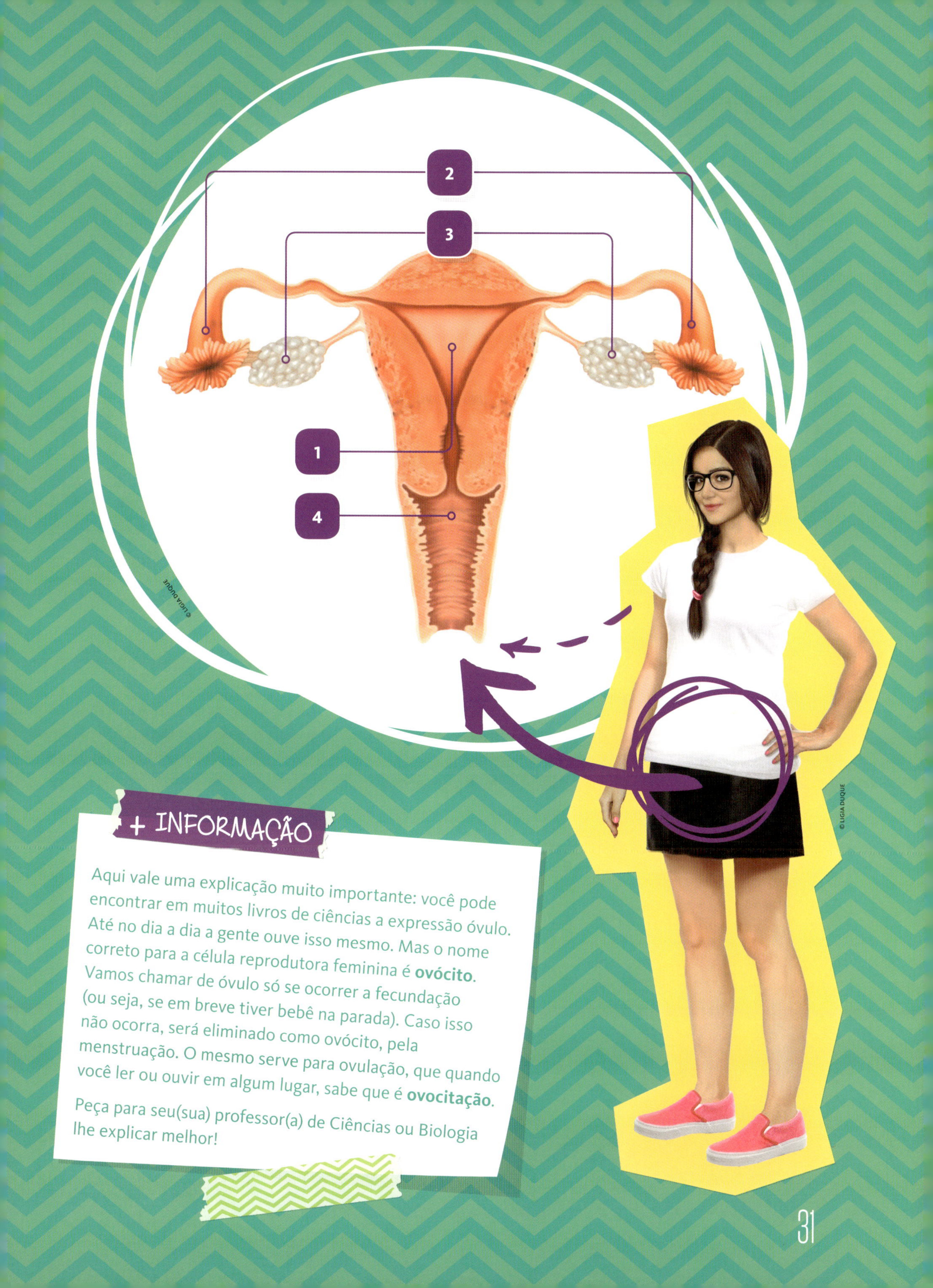

+ INFORMAÇÃO

Aqui vale uma explicação muito importante: você pode encontrar em muitos livros de ciências a expressão óvulo. Até no dia a dia a gente ouve isso mesmo. Mas o nome correto para a célula reprodutora feminina é **ovócito**. Vamos chamar de óvulo só se ocorrer a fecundação (ou seja, se em breve tiver bebê na parada). Caso isso não ocorra, será eliminado como ovócito, pela menstruação. O mesmo serve para ovulação, que quando você ler ou ouvir em algum lugar, sabe que é **ovocitação**.

Peça para seu(sua) professor(a) de Ciências ou Biologia lhe explicar melhor!

MENSTRUAÇÃO

A menstruação é o sinal de que a mulher pode engravidar. Significa que seus órgãos internos – os reprodutores – já têm condições de gerar um bebê.

Todo mês sai de um ou outro ovário um ovócito. Ele caminha pela trompa esperando encontrar com o espermatozoide. A esse encontro chamamos de fecundação, quando a mulher começa a gerar uma nova vida, um bebê.

Enquanto isso, a membrana que "forra" o útero por dentro – o endométrio – já está preparada para receber o óvulo fecundado. Caso o ovócito não se encontre com o espermatozoide, o que significa que não houve gravidez, o endométrio se descama e se solta – é a menstruação, sinal de que a mulher não está grávida.

A menstruação é, então, essa perda de sangue que ocorre todo mês e dura, em média, de três a sete dias. E todo esse ciclo se repete mensalmente, desde a primeira vez, por volta dos 11/13 anos em média, a que chamamos de menarca.

No início, a menstruação é irregular e pode acontecer de vir em um mês e no outro não, ou demorar mais tempo, mas isso é normal.

© CAIO CARDOSO

O CICLO MENSTRUAL

O ciclo menstrual é o período que vai do primeiro dia da menstruação até o dia que antecede a menstruação seguinte.

Em média dura cerca de 28 dias. Mas não pense que todas as mulheres têm ciclo igual: há aquelas que podem ter um ciclo de 21 ou até mesmo 30 dias. Além disso, pode mudar ao longo da vida.

Hora do papo reto

O que eu preciso evitar no período da menstruação?
Garota, 13 anos.

Menstruação não é doença. Você pode ir à praia, tomar banho frio, lavar a cabeça, fazer esporte e comer de tudo! Leve uma vida normal. Em todo caso, se alguma coisa a preocupa, procure um médico.

Eu já ouvi falar que a menstruação pode deixar de vir e a mulher não estar grávida.
Garoto, 16 anos.

Você tem razão. Quando isso acontece, chamamos de **amenorreia**. É quando a mulher deixa de menstruar por um período – ausência do fluxo menstrual. Isso pode acontecer com as atletas que treinam muito, em situações de estresse, carência nutricional, uso de alguns medicamentos ou por causa de algumas doenças.

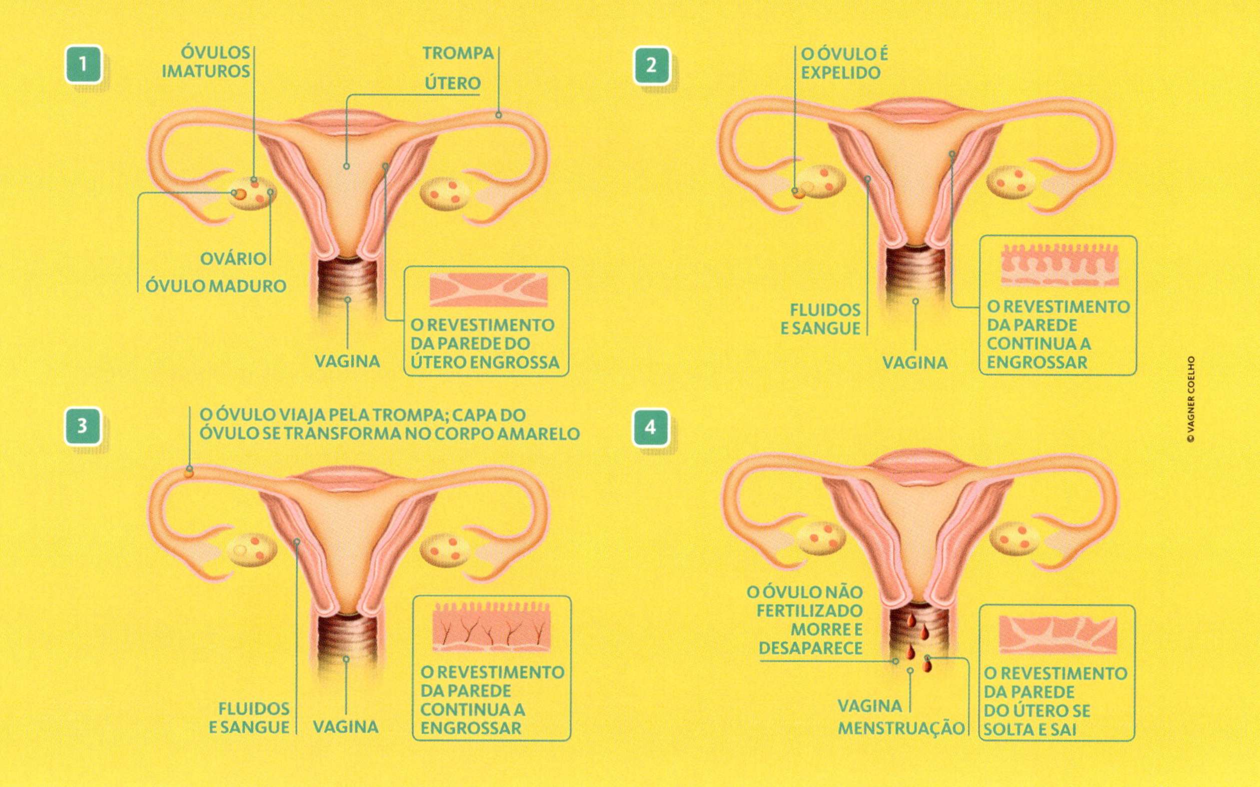

Tensão pré-menstrual (TPM)

A TPM acontece em algumas mulheres porque a progesterona (hormônio feminino), na menstruação, está um pouco mais elevada e tem ação em quase todos os órgãos. A TPM é chata mesmo e causa irritação e um mau humor danado.

O indicado é que você fale com seu responsável e peça para que leve você ao médico para ver o que pode ser feito para aliviar esse desconforto. É comum que o profissional receite algum medicamento simples, natural, que vai ajudá-la a superar esse momento. Inclusive, ele pode orientá-la na alimentação mais adequada e naquilo que não é bom comer nesse período.

Mas lembre-se: nada de buscar orientação com uma amiga ou com o balconista da farmácia, porque, mesmo com boa intenção, eles não são os mais indicados para lhe ajudar.

Cólicas

Devido à maior produção de uma substância chamada prostaglandina pelo útero, umas horas antes ou quando começa o sangramento (menstruação), algumas mulheres sentem contrações e, consequentemente, as cólicas menstruais. O adequado continua sendo **procurar orientação médica**. Mas não faz mal colocar uma bolsa de água morna sobre a barriga; isso alivia a dor.

Aproveitando esse "papo", vale desfazer o mito de que a cólica é normal e que por isso vai acompanhar toda a vida fértil da mulher. Em alguns casos, se a dor for progredindo, pode ser indício de endometriose (doença caracterizada pela presença do endométrio – tecido que "forra" as paredes do útero – em outros órgãos, como trompas e ovários, por exemplo). Além da dor, essa doença é responsável por cerca de 30% dos casos de infertilidade das mulheres.

MASTURBAÇÃO

A vontade de se tocar e descobrir o corpo começa na infância, quando a criança descobre o prazer que dá ficar acariciando seu órgão sexual. Esse é o primeiro passo para a criança descobrir seu corpo e a sexualidade. Mas ela não tem consciência do que é isso, só sabe que ao se tocar tem uma sensação gostosa, diferente do adolescente, que sabe o que está fazendo.

A PRIMEIRA DESCOBERTA

Na idade em que vocês estão, a masturbação passa a ser mais comum, porque esse é um período em que os hormônios estão em pleno funcionamento. E somem-se a isso o desejo e as fantasias sexuais.

Já ouvimos muita coisa sobre a masturbação: que vicia, que faz a pessoa perder o interesse pelo sexo e, antigamente, até que crescia pelo na mão. Hoje sabemos que nada disso é verdade e ela faz parte da descoberta da sexualidade de (quase) todas as pessoas. Inclusive, quem conhece o próprio corpo tem melhores chances de lidar com ele e com as sensações de prazer que pode proporcionar, mais tarde, quando tiver uma vida sexual.

O que pode atrapalhar é a sensação de culpa das pessoas, que acham que estão fazendo alguma coisa errada. O importante, nesse momento, é que você tenha alguém de confiança para conversar e tirar essas coisas da sua cabeça, que no fundo só atrapalham. Algumas religiões podem condenar, e mesmo respeitando todas elas, cientificamente, é importante saber que a masturbação não causa nenhum dano à saúde.

+ INFORMAÇÃO

A **masturbação**:

- faz crescer espinha no rosto?
- no homem, causa impotência?; faz acabar com o esperma?
- na mulher, faz aumentar o clitóris?; tira a virgindade?

Todas as respostas são **NEGATIVAS**.

Esses eram tabus e preconceitos antigos, aliados à falta de informação, mas que já estão ultrapassados.

Muitas das mudanças físicas que ocorrem com o corpo, nessa idade, como já vimos, devem-se às questões hormonais e à fase de desenvolvimento da sexualidade pela qual estão passando garotos e garotas. Então, os garotos não precisam ficar encucados se os bicos do peito ficarem um pouco maiores, durinhos, como se tivessem "pedra" dentro, porque isso não tem nada a ver com a masturbação (esse é outro mito). Nada de ficar encucado!

Fique tranquilo, isso acontece com muitos garotos e pode ter como causas o aumento de **testosterona** (hormônio masculino) ou grande desenvolvimento do tecido glandular da mama e/ou do tecido gorduroso, e na maioria das vezes passa – mas é sempre bom ter acompanhamento médico. Não precisa ficar cheio de vergonha de tirar a camiseta na frente dos colegas. Pode praticar seu esporte (natação, futebol...), que só faz bem à saúde.

Você sabia que às vezes na adolescência tudo fica tão difícil – a cabeça parece um liquidificador –, que procurar um psicólogo pode ajudar "pra caramba"? Existem atendimentos para adolescentes em diversas instituições públicas.

O que você deve analisar é se não está deixando de fazer outras coisas legais na sua vida por causa da masturbação. Se garotos e garotas se masturbam porque têm dificuldade de encontrar alguém; ou se sentem meio "esquisitos"; ou é a única forma encontrada de aliviar a tensão e a ansiedade e descarregar energia; ou também porque alguma coisa pode não estar indo muito bem, é preciso ver o que está acontecendo e não colocar a culpa na masturbação.

UM PAPO SOBRE IGUALDADE E DIFERENÇAS

Diferença não significa desigualdade. Sabemos disso, mas o dia a dia tem mostrado que, na prática, a realidade é muito diferente na educação de meninos e meninas. E isso vai refletir na adolescência e em toda a vida de homens e mulheres.

DIFERENTES MAS NÃO DESIGUAIS!

© GUSTAVO GUS

Desde pequenos somos educados acreditando que os meninos devem ter mais vantagens (direitos) que as meninas, e elas, por sua vez, são educadas achando que isso é normal, sem ao menos questionar. E também que as tarefas domésticas cabem às mulheres, e "coisas da rua", aos homens. Se cada um aprendeu desse jeito, pode aprender de outro, de uma forma mais igualitária para homens e mulheres. Vocês não acham?

Devemos aprender desde cedo a dividir não só as tarefas de casa, mas também as despesas. A não ser que um ganhe mais do que o outro e cheguem a um acordo.

Na idade de vocês, então, não deve ser diferente: saiu com o garoto, divida o sanduíche. Cada um paga sua despesa. Saiu com a garota, cada um paga o cinema. Até porque, na idade de vocês, o dinheiro vem do responsável e, assim, garante que possam sempre sair mais vezes juntos, porque a conta não pesa nem para um lado nem para o outro, e sobra mais.

Não está com nada esse papo de que o homem é que paga a conta! Pode até pagar, mas não por ser homem e ter obrigação por isso.

E o que costuma acontecer na adolescência?

O garoto pode chegar tarde em casa, sair com sua turma, e é incentivado a uma porção de coisas que são proibidas às garotas. Se ela quer chegar um pouquinho mais tarde, terá que depender do irmão – ou seja, um homem – para lhe fazer companhia. Mesmo que ele seja menor ou mais novo.

É claro que vivemos numa violência absurda e não podemos dar bobeira na rua até tarde da noite. Mas a violência não escolhe sexo. Então, se é violento para a garota, com o garoto não é diferente.

É legal a gente pensar que podemos mudar essa sociedade desigual, e que na idade em que vocês estão é possível repensar isso tudo.

Sabem por onde podem começar?

Na relação com seus amigos e amigas, não discriminando as garotas nem cobrando dos garotos um "SIM", quando não estão a fim, só porque são homens.

Quantos garotos saem com meninas sem nenhuma vontade, só porque se disserem "NÃO" vão ficar zoando deles. E se a menina for a mais bonita, então, o garoto está "frito"!

Por outro lado, se a garota demonstrar muito interesse, vão dizer que está "dando mole" e começam a falar mal dela.

A discriminação no mercado de trabalho

Até no mercado de trabalho, mesmo fazendo a mesma função, ainda hoje é comum os homens ganharem mais que as mulheres.

Nos dados do IBGE (Instituto Brasileiro de Geografia e Estatística), de 2014, na Síntese de Indicadores Sociais, as mulheres, em média, recebem menos que os homens em todas as formas de ocupação. A desigualdade se acentua nos trabalhos informais (aqueles sem carteira assinada): ganham 65% do rendimento que têm os homens. No trabalho formal (com carteira assinada), a proporção é de 75%.

© FOTO: VIPMAN/SHUTTERSTOCK | ILUSTRAÇÃO: GUSTAVO GUS

Mas você acredita que já foi pior? Essa diferença vem diminuindo. Entre 2004 e 2013 melhorou o rendimento das mulheres com trabalho informal, o que contribuiu para a redução da desigualdade entre os sexos. Mas ainda há muito que fazer.

A mulher trabalha fora e, quando chega em casa, ainda tem todos os afazeres domésticos para dar conta, que conhecemos como **dupla jornada de trabalho**. Diferente do homem, que assume bem menos essas tarefas.

Devemos aprender desde cedo que não é por ser homem ou mulher que um terá mais privilégios e oportunidades que o outro. Os direitos são iguais!

E em casa, como fica?

Diferente do que falamos dessa igualdade na divisão das tarefas domésticas, a realidade tem mostrado outro resultado. Uma pesquisa realizada pela Plan, organização internacional que atua na defesa dos direitos da criança, essa **dupla jornada** começa bem mais cedo.

Esse estudo – "Por ser menina no Brasil: crescendo entre direitos e violências" – ouviu 1.771 meninas de 6 a 14 anos, das cinco regiões do Brasil, em 2013.

Os resultados nos deixam de "cabelo em pé", tamanho o desequilíbrio e a desigualdade dessa divisão entre meninos e meninas.

Mais do que uma divisão de serviços, homens e mulheres aprendem desde cedo sua identidade de família nesses trabalhos e na igualdade que isso pode proporcionar.

Se isso não for questionado, todas vão achar "normal" desde cedo que o trabalho de casa – o papel de "cuidadora" – cabe às mulheres, diferente dos homens, que vão achar natural serem servidos por elas.

Enquanto as meninas vão arrumar sua cama e a do irmão, os garotos vão para a rua jogar bola. Aí, a gente vê a mãe trabalhando fora e se desdobrando em mil dentro de casa para dar conta do serviço doméstico, e acaba achando natural. Não é não, e já passou da hora de mudarmos isso.

© CAIO CARDOSO

DISTRIBUIÇÃO DE TAREFAS

Vejam como as meninas estão numa desvantagem imensa.

	 ARRUMAR A CAMA	 LAVAR A LOUÇA	 LIMPAR A CASA	 SAIR PARA TRABALHAR
	81,4%	76,8%	65,6%	4,3%
	11,6%	12,5%	11,4%	12,5%

FONTE: PLAN

© VECTOR PRO/SHUTTERSTOCK © COLORCOCKTAIL/SHUTTERSTOCK © ROMAN MARTSENIUK/SHUTTERSTOCK © VECTOMART/SHUTTERSTOCK

RELAÇÕES DE GÊNERO

As relações de gênero são a construção cultural do que significa ser homem (masculino) ou mulher (feminino), dentro da sociedade. É a cultura que define como deve ser o comportamento de homens e mulheres. E, a partir daí, as pessoas se comportam seguindo esse padrão estabelecido. Na nossa cultura, então, atribui-se ao homem que ele seja mais forte, competitivo, menos emotivo. Se um garoto é mais sensível, o que dizem dele?

Da mulher, espera-se que seja dócil, meiga, emotiva, frágil. Se ela é mais forte e decidida, já imaginamos que comentários vamos ouvir.

Relação de gênero é isso, a forma como cada um se comporta dentro do que a cultura determina como sendo "coisa de homem" e "coisa de mulher". E isso acontece desde que somos pequenos. A forma como você foi criado teve uma influência direta disso tudo. E o jeito que se comporta hoje em dia, também.

É legal a gente entender que essa visão que temos aqui entre nós, de como o homem e a mulher devem se comportar, não é a mesma em outros países (portanto, é cultural). Por isso dizemos que é uma "construção cultural", porque depende de cada cultura, de como cada país vê e estabelece como homens e mulheres devem se comportar.

Uma cultura é diferente da outra e, com isso, homens e mulheres de outros países podem não ter necessariamente o mesmo comportamento que nós aqui no Brasil.

O que tem de ruim nessa história toda?

O ruim é que quem não segue os padrões definidos pela sociedade é discriminado, e quando não sabe lidar muito bem com isso sofre "pra caramba".

Cada um de vocês, que está lendo este livro agora, pode contribuir positivamente, questionando com seus colegas na escola, ou em casa, o seguinte: por que as pessoas não podem ser diferentes?

+ INFORMAÇÃO

O **direito das mulheres** é algo recente, se pensarmos ao longo da história.

A presidenta Dilma Rousseff foi a primeira mulher a chegar à Presidência da República do Brasil, recentemente, com seu primeio mandato de 2011 a 2014, sendo reeleita para um segundo mandato, de 2015 a 2018. É tudo muito novo, se pensarmos que, não muito tempo atrás, a mulher não tinha nem direito a voto.

Esse direito foi obtido por meio do Código Eleitoral Provisório, de 24 de fevereiro de 1932. Mesmo assim, não eram todas as mulheres que tinham esse direito. O código permitia apenas que mulheres casadas (com autorização do marido), viúvas e solteiras com renda própria pudessem votar. As restrições a esse direito ao voto da mulher só foram eliminadas no Código Eleitoral de 1934. No entanto, o código não tornava obrigatório o voto feminino. Apenas o masculino.

O voto feminino, do jeito que conhecemos hoje, só passou a ser obrigatório em 1946.

"FICAR", NAMORO E OUTRAS DESCOBERTAS

"FICAR"

O "ficar" é só o corpo namorando, sem o compromisso sentimental. Podemos dizer que é um "ensaio", uma descoberta a dois. É um treinamento para relações futuras. Pode ser um passo para o namoro. Dependendo do lugar do Brasil, o "ficar" pode ser conhecido de outro jeito ou com outra palavra.

Pai e mãe ficam de "cabelo em pé":

Mal se conhece e a garotada já está se beijando, abraçando e trocando carinhos... "Que namoro rápido é esse?!" Engano! Eles estão "ficando", e isso às vezes é difícil para os pais entenderem e, se entendem, ficam preocupados.

O que é legal dizer, principalmente para os garotos, é que "ficar" é uma forma de se relacionar e não uma competição para saber quem "pegou" mais na festa. É um exagero mal chegar na balada e já "ficar" com um montão só para mostrar que é o "tal" para os colegas.

É muito mais uma autoafirmação do que uma descoberta sexual em si.

Hora do papo reto

No “ficar” tem intimidade?
Garota, 15 anos.

A intimidade que pode ocorrer vai depender de cada pessoa e também dos limites que se estabelecem. Podemos dizer que é a garota que coloca o sinal vermelho, quando o garoto quer andar depressa demais. Não é porque “ficam” que vai rolar transa.
Não se esqueçam do que o responsável sempre fala:
“Quando a cabeça não pensa, o corpo é que padece!”.

Aproveitando esse papo reto, vale dizer mais uma coisa: é preciso **ter muita consciência** do que fazem e assumir a responsabilidade por seu corpo, sua sexualidade e sua vida. Isso não é lição de moral nem papo de tio, mas os dois – garotos e garotas – têm que ter responsabilidade sexual. É muito melhor conversar do que ver acontecer coisas que não desejam e não planejaram. É legal que as coisas aconteçam quando a gente quer e se planeja pra isso.

NAMORO

Fique ligado!

Se você está apaixonado, que tal criar uma música – ou poesia – para seu namorado ou namorada?

Ouça essas músicas para se inspirar. São legais "pra caramba"!

Digite no Youtube:

- Skank – *Te ver*
- Jota Quest – *Só hoje*
- Tribalistas – *Velha infância*

Quando esse "ficar" já está se tornando uma rotina, quando o coração parece uma bateria de escola de samba só em pensar que o garoto ou a garota está chegando, preparem-se, logo vai ter namoro no pedaço.

O namoro surge quando menos se espera. Às vezes você está "ficando", como falamos, e como um "passe de mágica" descobre que virou namoro. Ou o garoto reluta para entender que está pensando muito na menina, muito mais do que se realmente estivesse só "ficando". O coração já quer algo mais fixo.

Para começar o namoro não há uma receita: pode ser um olhar, um jeito diferente, as coisas que dizem ou o que pode acontecer quando estão dividindo um saco de batatas na cantina do colégio.

O namoro é o primeiro relacionamento afetivo, a primeira experimentação de convivência de duas pessoas que estão se gostando. E na idade em que vocês estão, tem gostinho de quero mais, um grude só, que pai e mãe às vezes não entendem.

Na adolescência os sentimentos são muito confusos e é legal que você saiba que isso é normal. Às vezes, a menina pensa que o carinha da turma ao lado, que não está nem aí pra ela, é a maior paixão da sua vida..., e ao mesmo tempo o colega da rua está superapaixonado por ela. Com os garotos acontece a mesma coisa. É nessa

REGRINHAS PARA EVITAR CONFUSÃO

- Respeite a si mesmo e o namorado ou a namorada.
- Não use outra pessoa apenas para satisfazer suas necessidades pessoais ou para mostrar aos colegas que "conseguiu" aquela pessoa.
- Lembre que amor é troca. Assim como a amizade. Quando só um dá, alguma coisa está errada.
- Namoro não combina com violência nem com achar que um é dono do outro.

fase que vocês vão tendo a chance de se conhecer um pouco mais, conhecer seus sentimentos e saber melhor como lidar com eles. Pode acontecer, também, que ocorra um pouco mais de intimidade, o que não significa ter relação sexual.

O namoro implica compromisso. Podemos dizer que é algo mais firme e carimbado: "sábado e domingo vamos estar juntos!".

Alguns garotos e garotas até exageram e transformam a pessoa amada em propriedade. Mas isso não é bom nem para a menina nem para o menino. Alguns garotos até proíbem a namorada de sair com uma saia mais curta. E muitas garotas morrem de ciúme se o garoto coloca a bermudinha mostrando as pernas de jogador. É confusão na certa!

BEIJO

Não precisa achar que vai "pagar mico" se o namorado ou a namorada percebe que você não sabe beijar. Como ninguém nasce sabendo, chega uma hora que acaba aprendendo.

Eu sei que dá uma vergonha danada ser BV (Boca Virgem) ou BVL (Boca Virgem de Língua), mas vai sair por aí procurando a primeira boca só para deixar de ser? Claro que não. Evite a pressão do grupo, ele só quer zoar!

Na hora que tiver que acontecer, vai "rolar", e com a pessoa que você escolheu e considera que é a certa.

A PRIMEIRA **VEZ**

A primeira vez, tanto para os garotos quanto para as garotas, é um momento muito importante. Geralmente há mais dúvidas do que qualquer outra coisa.

Para as garotas, há o medo do que "vão falar", da gravidez e de toda a ansiedade que ronda sua cabeça. Afinal, as meninas ouvem desde pequenas que sexo é coisa feia e que não podem demonstrar desejo. Os garotos, se por um lado não têm essa proibição, por outro sofrem uma pressão muito grande do grupo, como se tornassem homens depois da primeira transa. Isso não é bom para nenhum dos dois.

Independente do sexo, é um momento que deve ser muito pensado, para que ninguém se arrependa depois ou acorde no dia seguinte com culpa e medo das consequências. Aí não é legal, principalmente porque você vai ferir seus sentimentos e não vai poder voltar atrás.

Não existe idade ideal para iniciar a vida sexual. Mas é importante entender que é preciso maturidade física e emocional para que se possa assumir tal situação. Como você vê, não é tão simples assim e é fundamental ter **responsabilidade sexual**.

Hora do papo reto

Eu ouvi dizer que a primeira vez dói "pra caramba". É verdade?
Garota, 16 anos.

Depende de cada casal.
A dor, caso ocorra, está relacionada à tensão, o que é muito natural; afinal, é a primeira vez de uma experiência nova e muito íntima.
Para não ocorrer dor, é importante que a vagina esteja lubrificada, e isso se consegue estando à vontade e tranquila, sabendo o que está fazendo.
Mas se a garota estiver tensa, forçando uma barra porque na verdade não é o que ela queria ou imaginou, e o local é inadequado, os músculos da vagina se contraem e dificultam a penetração, causando dor.

Outras culturas, outros tempos

Em várias culturas, o homem colocava na janela o lençol sujo de sangue no dia seguinte à noite de núpcias, para provar que sua mulher era virgem e ele tinha sido o responsável por tirar sua virgindade. Portanto, que era macho!

Virgindade

Quando falamos da primeira vez, não podemos deixar de lado o papo sobre virgindade.

O **hímen** é uma pele (membrana) fininha que fica na entrada do canal da vagina e nele existe um orifício, que é por onde sai a menstruação e as secreções. Não existe apenas um tipo de hímen. Seu formato varia porque, em cada mulher, esse orifício pode ser diferente. O mais comum é o que tem o orifício redondo, e a ele damos o nome de **anular** ou **redondo**. Existe o hímen de orifício elástico, que chamamos de **complacente**, e os que têm mais de um orifício. Há ainda o que é totalmente fechado, mas esse é bastante raro. Nesse caso, quando chega a puberdade, é importante ir ao médico para ele fazer o orifício. É raro, também, a mulher nascer sem o hímen, mas pode acontecer.

O hímen complacente é o mais resistente e elástico e não se rompe na primeira transa – às vezes demora para se romper. Ao retirar o pênis, ele volta ao normal. Com isso, não ocorre sangramento.

Por isso, precisamos acabar com essa ideia (isso é mito, portanto, não é verdade) de que é obrigatório sangrar na primeira vez para se provar que é virgem. Pode acontecer de não sangrar nada, o que não significa que a garota não era virgem. Com o hímen complacente é fácil acontecer de ela não sangrar.

Outra coisa: se a relação ocorre num clima legal, com segurança, sem medo, e a garota está relaxada, essa ruptura do hímen vai ser tão discreta que nem se percebe o sangramento.

O hímen não tem uma função fisiológica, mas ainda hoje para muitos homens funciona como um "selo" de qualidade, pelo fato de a mulher ser virgem.

Galera, mulheres não são objetos: esses, sim, precisam ser novos e estar em bom estado. Vamos pensar nisso!

Nesta conversa não pode ficar de fora a virgindade masculina.

O garoto não tem uma "pele" ou algo parecido, que "perde" quando tem sua primeira transa.

Diferente das garotas, há uma cobrança social que os rapazes tenham logo sua primeira relação sexual.

Como a cobrança é grande, a cabeça fica cheia de dúvidas: o medo de não "dar conta do recado" (como se o garoto fosse o único responsável); a ansiedade de viver uma experiência nova; a inexperiência em relação ao tamanho do pênis e a expectativa de que ele pode não ficar duro; se vai conseguir segurar a ejaculação ou se a garota pode descobrir que ele é "marinheiro de primeira viagem". É muito "nó" na cabeça, não é? Isso tudo pode fazer com que o garoto não transe, continuando virgem, apesar da pressão do grupo. Por isso, muitas vezes, mesmo sendo virgem, é comum o garoto se dizer super experiente, apesar de não ter experiência alguma, para não ser "zoado" pelos colegas.

Não entre nessa pressão e lembre-se de que tudo acontece no tempo que tem que ser. Ser virgem não o faz menos homem. Nem mais homem, se já teve alguma relação sexual.

A relação sexual não deve ser algo mecânico ou para aproveitar que estão a sós em casa. Na relação sexual somam-se outros fatores muito importantes, como: desejo, fantasia, carinho, sentimento, e, além disso, quando há o ingrediente amor. Esse momento passa a ser de uma realização plena.

Antes de ter a primeira relação sexual, é muito importante levar em consideração:

- ✓ Será que estão com vontade ou é uma pressão do grupo? Principalmente os garotos, para provar que já são homens, como falei anteriormente.
- ✓ Algumas garotas dizem: "Tenho medo de perder meu namorado!". É evidente que esse não é o melhor motivo para um passo tão importante. Existem outras formas para provar que gosta dele, como carinho e atenção.
- ✓ Ter a primeira relação sexual só porque o melhor amigo já tem vida sexual é a maior bobagem. Cada pessoa tem seu ritmo pessoal e não dá para comparar.
- ✓ Também é uma furada ter que provar que já é homem, transando.
- ✓ Ninguém deve obrigar a outra pessoa a fazer o que não quer.
- ✓ Quando ocorrer a relação sexual, é importante que seja com alguém que se tenha intimidade, confiança – e não se esqueça da camisinha.
- ✓ Nada de sair falando para a escola inteira que transou com "aquela garota!".
- ✓ Caso tenha muitas dúvidas – "Será que é o momento certo?"; "Como vou fazer?"; "E se meus pais descobrirem?"; "E se a turma da escola ficar sabendo?" –, sugiro que reflita, converse com o garoto ou a garota, reflita mais ainda e responda pelo menos parte dessas e outras perguntas que trazem dúvida, porque pode não ser o momento mais adequado.

GAROTAS GRÁVIDAS. GAROTOS PAIS

A gravidez na adolescência significa uma rápida passagem da situação de filhos para pais. Rapidinho o papel se inverte e nem sempre a garota e o garoto estão preparados para uma mudança tão rápida, principalmente quando ainda estão no período de descoberta da sexualidade e sem condições sociais, emocionais e financeiras para cuidar do bebê. Por isso, para começar a ter uma vida sexual são necessários muitos cuidados. Um deles é saber que uma relação sexual pode gerar uma gravidez quando não existe prevenção, e que é uma responsabilidade dos dois. Não tem esse papo de jogar a culpa na garota porque é ela que engravida. O filho é feito só por um?

GRAVIDEZ NA ADOLESCÊNCIA

É comum algumas garotas acharem que uma forma de ficar com o garoto ou ter mais atenção é engravidando dele. Ou garotos que acreditam que filho é prova de masculinidade.

Não faça isso: primeiro, porque esse não é o melhor caminho e, segundo, porque filho é coisa séria e uma gravidez precisa ser planejada.

Mesmo com as mais diferentes formas de informação, ainda hoje muitos jovens não conhecem o próprio corpo e, ao iniciarem uma vida sexual, não vão ao médico para ver qual o método anticoncepcional mais adequado.

Como o assunto sexo é ainda cercado de muito tabu, talvez isso dificulte bastante essa conversa e a liberdade de tocar no assunto.

O medo de estar grávida faz muitas meninas não aceitarem, de início, essa possibilidade: escondem a barriga, negam a gravidez e não procuram o médico nos primeiros meses – os mais importantes para a saúde do bebê e assistência da mãe.

No início, a garota se acha "ligeiramente grávida", como se isso fosse possível, até o momento do resultado da gravidez: POSITIVO! E essa palavrinha passa a ter um eco que parece que o mundo vai desabar: "E agora, o que vou fazer?"; "Como vou contar aos meus pais?"; "Como vou grávida para a escola?"; "O que o garoto vai dizer?", e tantas outras dúvidas.

O garoto, por sua vez, quando sabe que vai ser pai, sofre mais do que se seu time tivesse caído para a segunda divisão. A primeira reação é não acreditar que pode ter engravidado a garota. Aí começa a achar que isso não é possível, que não pode ser seu ou, ainda, tentando negar, diz que a garota dava bola pra todo mundo.

Não adianta acusar a garota dizendo "como você permitiu essa gravidez?" ou "mas você dizia que tomava pílula!". A responsabilidade é dos dois, e se não quer ser pai, previna-se usando camisinha em toda relação sexual. Desde a primeira relação sexual há o risco de gravidez, não se esqueça disso!

Paixão, ah paixão!

A gente sabe que, na idade de vocês, o que "rola" é a descoberta, a paixão, e que isso não combina com gravidez. Mas é preciso pensar em prevenção. Ninguém sai para a balada, ou "fica" com um garoto ou garota, pensando que daqui a alguns meses vai levar um filho para casa. Mas é exatamente por não querer pensar e não ter os cuidados necessários que as coisas acontecem.

COMO SE ENGRAVIDA

Durante a relação sexual o homem ejacula dentro do canal da vagina da mulher. Sai o sêmen, que contém milhares de espermatozoides que nadam rapidamente até o útero e seguem em direção às tubas uterinas. Se encontrarem um ovócito, ao chegarem às tubas uterinas, apenas um dos espermatozoides entrará no seu interior, ocorrendo a fecundação. A partir daí, o ovócito fecundado termina sua divisão celular e transforma-se em óvulo. Como os núcleos dessas duas células reprodutoras se fundem, surge a chamada **célula-ovo** ou **zigoto**, que é o início de um novo ser. A célula-ovo desce e chega até o útero, ficando ali grudada, e o feto vai começar a se desenvolver até o nascimento.

Como o ciclo menstrual mais comum é o de 28 dias, só como exemplo para você entender, a metade do ciclo – 14 dias – é o período mais provável da liberação do ovócito. Assim, seguindo esse exemplo, no 14º dia, o ovócito rompe o folículo onde estava (como se fosse uma bolinha rompendo um saco) e vai pela tuba uterina em direção ao útero. Isso é a ovocitação. Essa caminhada dura, em média, de três a quatro dias, mas ele só permanece vivo de 24 a 48 horas.

Só não se esqueça de que esse é um exemplo, porque o ciclo menstrual é bem variável e podemos encontrar ciclos de 29 ou 30 dias. Existem também os que variam em mais ou menos dias do que esses; então, existem mulheres que ficam menstruadas duas vezes no mês.

Nunca é demais dizer que a fecundação só acontece quando o espermatozoide entra no ovócito com ele ainda vivo.

DESENVOLVIMENTO DA CÉLULA-OVO

Quando o ovócito sai do ovário, ele rompe sua superfície, deixando uma cicatriz no folículo (que se chama **corpo amarelo** ou **lúteo**).

O QUE ACONTECE A PARTIR DAÍ?

As células dessa cicatriz produzem o hormônio progesterona, que faz a parede do útero (endométrio) ficar mais grossa, para alimentar o ovo fecundado (futuro bebê) durante os nove meses de gestação.

Já fixado na parede do útero (a essa fixação chamamos de **nidação**), a célula-ovo parece a cabeça de um alfinete, desses que você tem em casa. Depois de algumas divisões celulares ele passa a se chamar embrião e, mais ou menos umas nove semanas depois (cerca de dois meses), mudando de nome outra vez, ele vai passar a ser feto e segue assim até nascer.

Durante a gestação, o feto recebe oxigênio e nutrientes, liberando também resíduos de seu metabolismo, tais como gás carbônico e ureia, através da placenta, porque é nela que ocorre a maior aproximação entre a circulação sanguínea da mãe e do bebê. É importante lembrar que não é comum o contato direto entre o sangue dos dois, apenas ocorrem trocas no espaço entre a circulação do sangue da mãe e a do bebê. Tudo é transportado através do cordão umbilical, que é cortado pelo médico depois que nasce o bebê. O que sobra dele no corpo seca e cai depois de alguns dias, deixando uma cicatriz, que é o umbigo.

MAS COMO A CRIANÇA FICA PROTEGIDA?

Logo no início da gravidez, forma-se a placenta, que fica aderida ao útero. É através dela que se dá a troca entre mãe e filho, que comentamos no parágrafo anterior. O bebê fica dentro de uma bolsa com um líquido, que chamamos de *líquido amniótico*. Essa bolsa (ou saco amniótico) é muito importante para sua proteção, porque ali a criança está protegida de choques mecânicos (batidas, quedas da mãe). O líquido também tem as funções de manter a temperatura do bebê constante e permitir seus movimentos dentro da barriga da mãe.

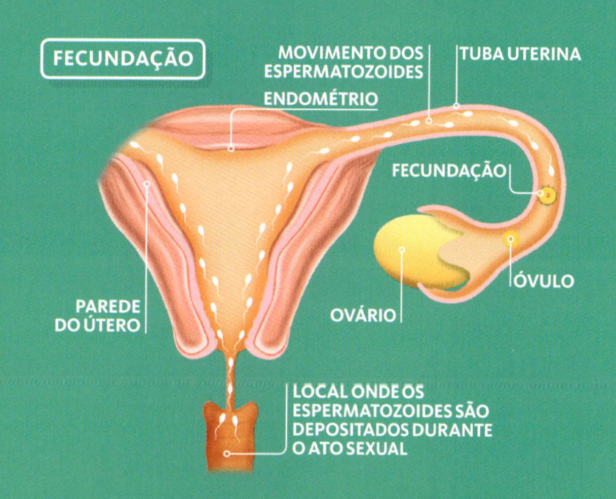

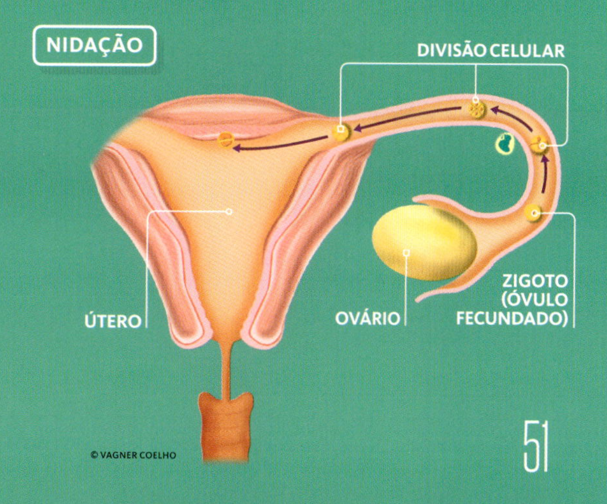

© VAGNER COELHO

QUEM É RESPONSÁVEL **PELO SEXO DO BEBÊ**

O ovócito possui 23 pares de cromossomos, e um deles é o cromossomo sexual X.

O espermatozoide também tem 23 pares de cromossomos, sendo que um deles é o cromossomo sexual Y.

Então, se o feto tiver cromossomos XX, nascerá uma menina; se tiver cromossomos XY, será um menino.

Como a mãe não tem cromossomo Y, quem determina o sexo da criança é o pai.

Mas o que são os cromossomos?

São os responsáveis pela cor dos cabelos, dos olhos, da pele, pela altura..., enfim, o jeito como você nasceu. São os genes contidos nos cromossomos que estão no núcleo das células. Eles contêm todas as informações genéticas dos seus antepassados, que passaram para você. Quando o espermatozoide e o ovócito de seus pais se juntaram, formou-se uma nova célula com 46 cromossomos (lembra-se da célula-ovo ou zigoto?): foi aí que tudo começou e foi seu primeiro sinal de vida.

DESENVOLVIMENTO DO BEBÊ

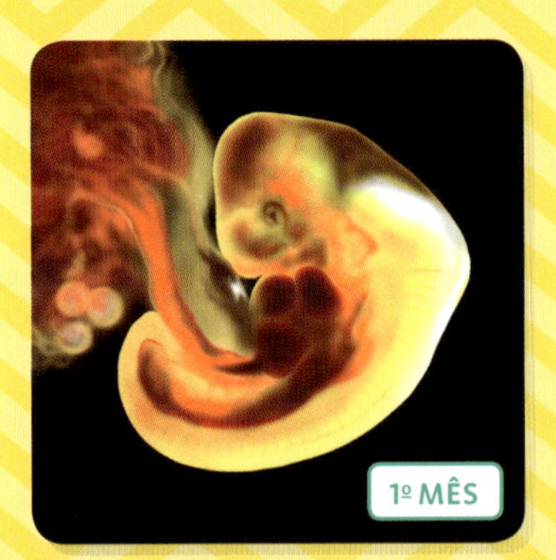

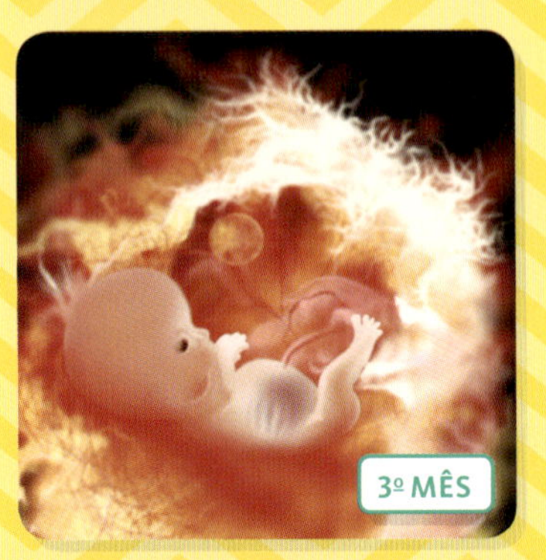

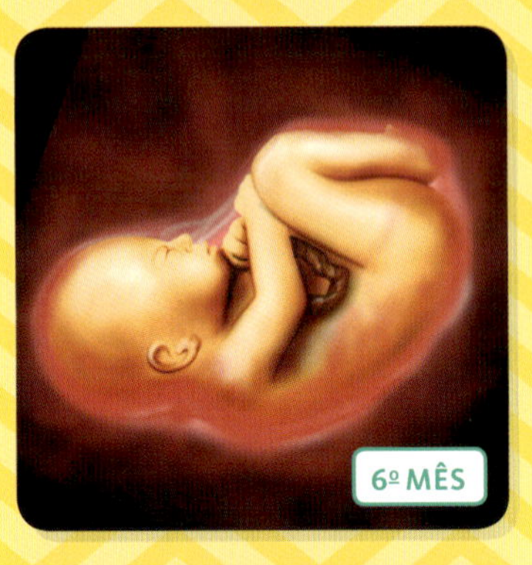

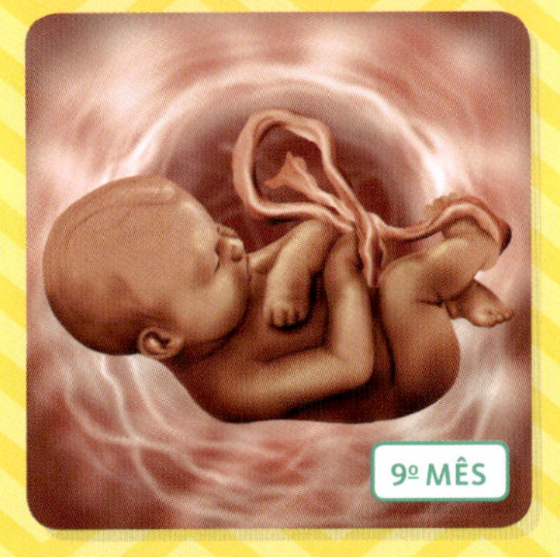

NASCIMENTO

Normalmente, passados nove meses – há casos de crianças que nascem de 7 ou 8 meses –, chegou a hora do nascimento.

A mulher começa a sentir algumas dores (suportáveis), por causa das contrações, que levam um tempo entre uma e outra. Depois as contrações começam a ficar num ritmo mais acelerado e um pouco mais fortes. A bolsa d'água, como é conhecida popularmente, se rompe. O colo do útero já tem a dilatação para o bebê sair.

No parto normal, o bebê já está de cabeça para baixo e as contrações ajudam a expulsá-lo. Mas se a mulher não tem a dilatação suficiente para a passagem do bebê, ou se ele não está numa posição adequada para sair, aí se decide pelo **parto cesariano** (um corte é feito na barriga da mulher para que se possa tirar o bebê).

© PIOTR MARCINSKI/SHUTTERSTOCK

Assim começa uma nova história.

© CAIO CARDOSO

NOSSA REALIDADE

Para vocês terem uma ideia, só para ter como parâmetro, dados de 2010 do relatório do Fundo de População das Nações Unidas (UNFPA), que utiliza dados do IBGE, no Brasil, cerca de 19,3% das crianças nascidas vivas eram filhas de adolescentes. Pesquisas mostram que a gravidez precoce está intimamente ligada à falta de acesso à escola e até mesmo à violência sexual.

Segundo o mesmo relatório da UNFPA, em "O Estado da População Mundial 2013", a gravidez na adolescência está em declínio nos países em desenvolvimento, como o Brasil. Porém, todos os dias, 20 mil meninas com menos de 18 anos dão à luz e 200 morrem em decorrência de complicações na gravidez ou no parto. Por ano, são 7 milhões de adolescentes que continuam a dar à luz nesses países – 95% do total de gravidezes precoces do mundo.

Apesar da realidade preocupante, aqui entre nós, já tivemos dias mais sombrios. O que não significa descuidar. No período de 2002 a 2011, segundo o Ministério da Saúde, houve um declínio dos partos na faixa etária de 10 a 19 anos. Vejam o quadro da página seguinte.

PARTOS NA FAIXA ETÁRIA DE 10 A 19 ANOS (2002-2011)

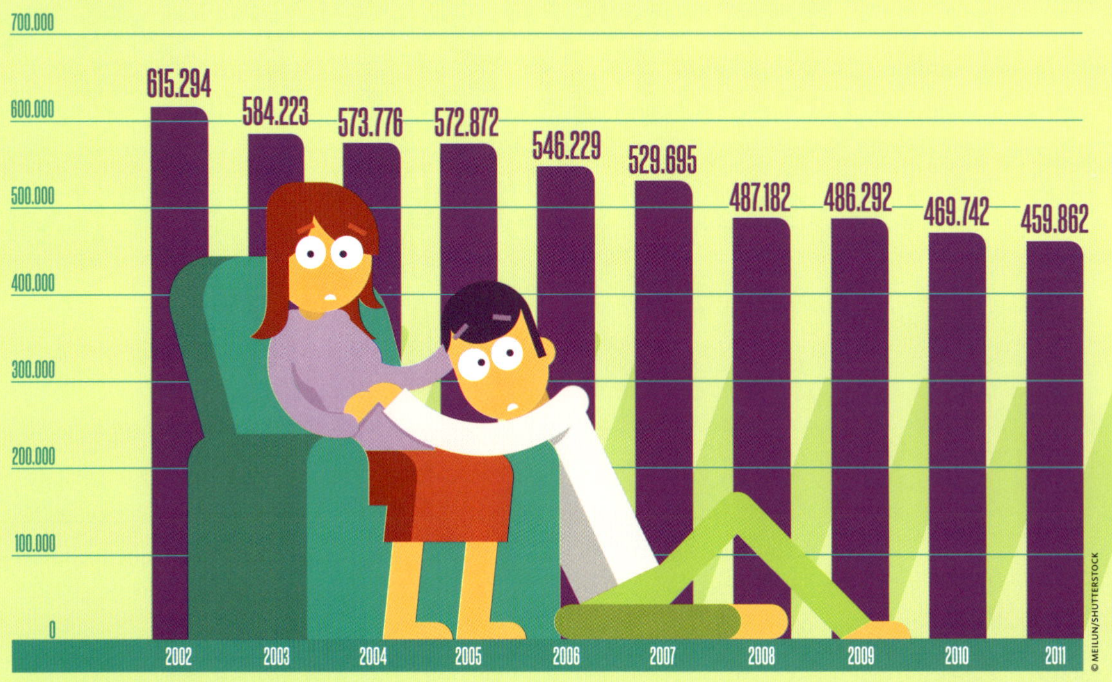

FONTE: MINISTÉRIO DA SAÚDE.

É fundamental que o governo fortaleça e amplie as políticas públicas para adolescentes, incluindo o trabalho de educação sexual e prevenção. Devemos combater a continuidade dessa realidade, em que meninas de 10, 12 anos estão sendo mães numa idade que precisam muito dos seus pais, e não têm estrutura emocional, física e social, como falamos no início deste capítulo.

E vocês, que também se conscientizem de uma vez por todas que é fundamental o uso da camisinha em toda relação sexual. E utilizem a dupla proteção: camisinha + pílula (no caso da pílula, sempre com recomendação médica).

Conheça os métodos no próximo capítulo.

© CAIO CARDOSO

PARA EVITAR A GRAVIDEZ: MÉTODOS ANTICONCEPCIONAIS

Nosso bate-papo aqui neste capítulo é sobre métodos anticoncepcionais, aqueles que se usam para evitar ter filhos. É importante que, antes de iniciar a vida sexual, a garotada conheça os métodos, tenha informações seguras e procure um médico ou posto de saúde para saber qual é o método mais adequado, levando em conta também sua idade. Não esqueça que a camisinha deve estar sempre associada a esses métodos, fazendo uma dupla proteção.

Não se iluda achando que "isso não vai acontecer comigo!". A relação sexual ocorrendo no período fértil, sem que se use um método contraceptivo, pode engravidar, sim!

Transar pela primeira vez, transar em pé, fazer uma ducha na vagina depois da transa, dar dois pulinhos ou fantasiar que tem sorte e que por todos esses motivos não vai engravidar, é puro engano, são crendices e, portanto, não evitam a gravidez.

Vamos aos métodos!

MÉTODOS DE BARREIRA

São métodos que impedem a entrada dos espermatozoides dentro do útero.

Camisinha masculina

A camisinha masculina (ou preservativo) é feita de látex: fininha, flexível e bem resistente. Além de evitar a gravidez, protege contra doenças sexualmente transmissíveis (DSTs), incluindo a aids.

Antes de usá-la é preciso ter alguns cuidados:

- Verificar o prazo de validade.
- Prestar atenção no selo do IMETRO (sinal de que foi testada e aprovada pelo Ministério da Saúde).
- Olhar se não está furada ou rasgada.

Com tudo isso checado, para guardá-la é preciso que seja um lugar fresco e seco. Enfurnar no fundo do armário para ninguém ver não é uma boa, porque a camisinha não combina com calor.

COMO USAR A CAMISINHA?

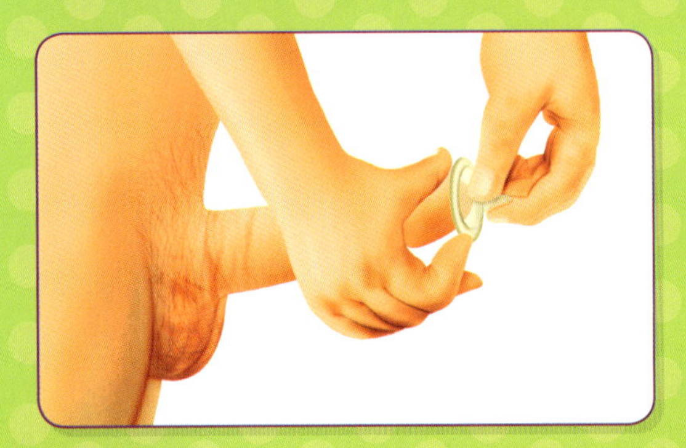

1 Ela deve ser colocada com o pênis ereto, antes de qualquer penetração. Verificar se está do lado correto (com o biquinho para cima).

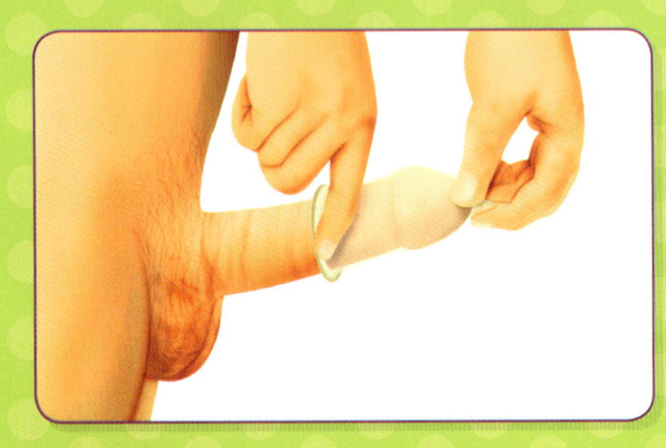

2 Segurar na ponta (nesse biquinho) e retirar o ar. É importante apertar a ponta da camisinha porque, ao retirar o ar que fica dentro desse espaço, evita-se que arrebente e babau prevenção.

O que não é adequado fazer?

- Querer lubrificar mais a camisinha utilizando vaselina. Ela tem uma composição química que pode corroer o látex. Só se devem usar produtos à base de água, tipo gel lubrificante. Na verdade, nem precisa, porque as camisinhas já vêm lubrificadas de fábrica.
- Abrir a embalagem com a boca, porque, sem querer, pode rasgar a camisinha com os dentes.
- Usar duas camisinhas de uma vez só, uma por cima da outra. O atrito entre as duas pode danificar o látex até rasgar, acabando com a proteção.

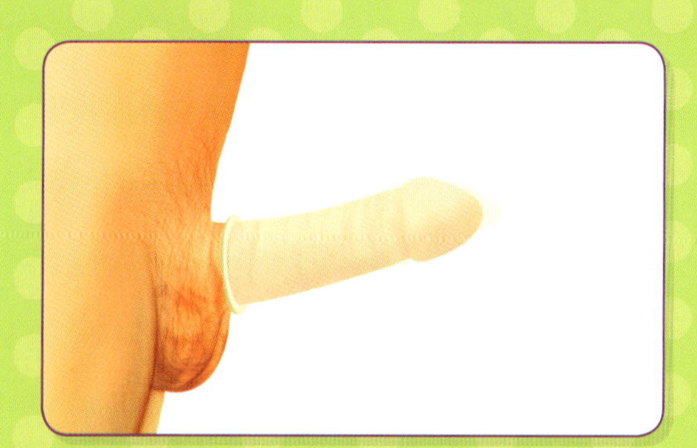

3 Estando tudo certo, desenrolar sobre o pênis.

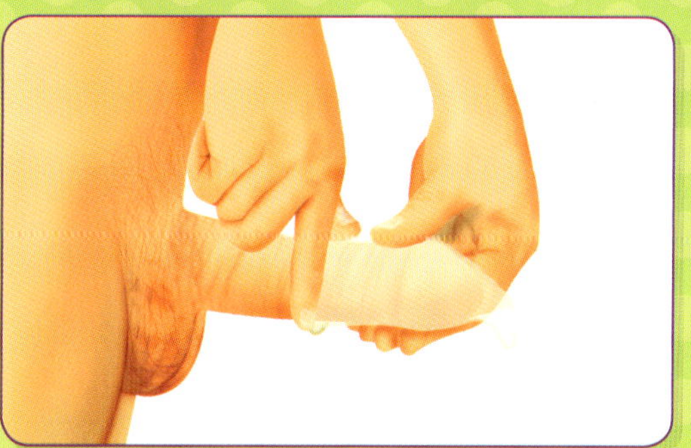

4 Logo depois de ejacular, retirar a camisinha e, segurando em sua borda, ter o cuidado para que não escorra o esperma que está dentro dela. Aí é só dar um nó na camisinha, embrulhar num papel higiênico e jogar no lixo. Garotos e garotas, não se esqueçam: a camisinha deve ser usada uma única vez.

Outras culturas, outros tempos

Há três mil anos, os egípcios envolviam o pênis com pele de carneiro para evitar filhos. No século XVI, o médico Gabrielle Falópio criou um revestimento de linho para o pênis, como forma de prevenir a sífilis.

Mas as primeiras camisinhas de que se tem notícia eram feitas com pele de cobra. Depois, com tripas de ovelhas, que duravam mais tempo, até chegar aos dias de hoje, em que são feitas de látex.

Camisinha feminina

Mais recente do que a masculina, a camisinha feminina é feita de poliuretano e parece um saco bem macio, com um anel em cada extremidade, e mede aproximadamente 17 cm de comprimento.

Antes de usá-la é preciso ter alguns cuidados:

- Verificar a data de validade.
- Verificar se o envelope não está danificado.

O que não é adequado fazer?

- Abrir a embalagem com a boca, porque, sem querer, pode rasgar a camisinha com os dentes.
- Usar duas camisinhas, a masculina e a feminina, de uma vez só. O atrito pode rasgar as camisinhas.

COMO USAR A CAMISINHA FEMININA?

1 O anel interno, que fica no fundo, na parte fechada, é usado para colocar dentro do canal da vagina – lá no fundo. Antes de colocá-lo, dobra-se esse anel na parte de fora, com dois dedos (polegar e médio). Vai ficar parecendo o nº 8.

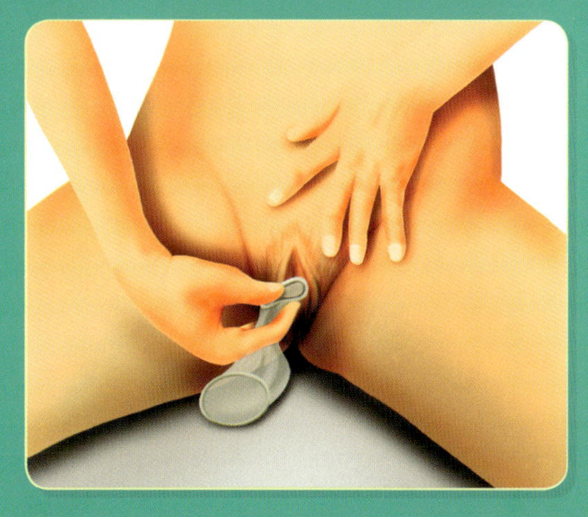

2 Com a outra mão, deve-se abrir os grandes lábios e ir empurrando esse anel interno para dentro do canal da vagina, com a ajuda do dedo indicador, até sentir o colo do útero, o que significa que ela ficou no lugar certo e não está retorcida.

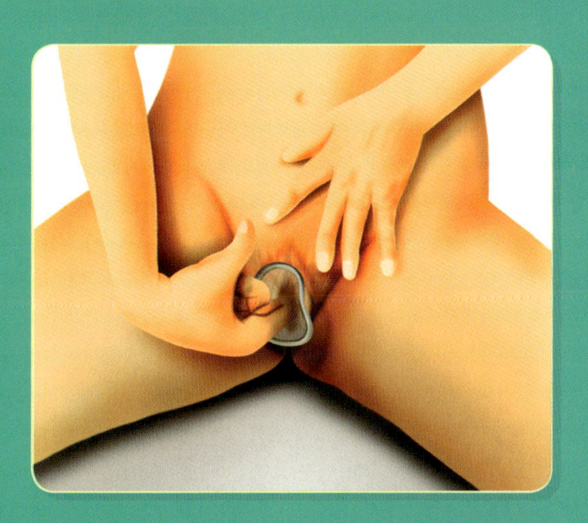

3 A outra extremidade, que também tem um anel, é aberta e fica para o lado de fora. É nesse saco que ficará o esperma depois da ejaculação, fazendo com que ele não tenha contato com o canal vaginal, e evitando uma gravidez ou uma doença sexualmente transmissível.

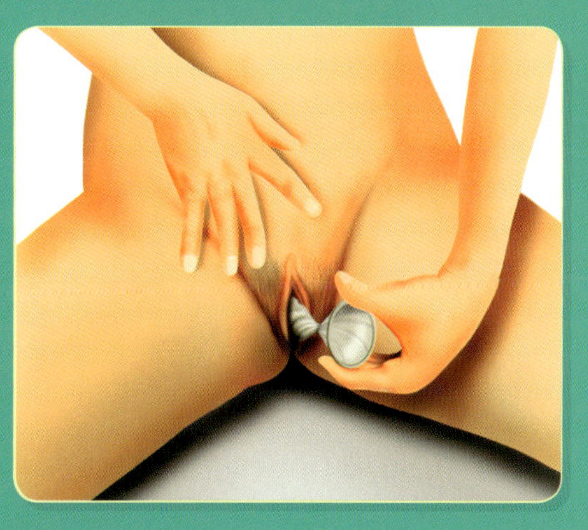

4 A camisinha deve ser retirada logo após a relação sexual e antes de a garota se levantar. Para retirar é só segurar a borda desse anel externo e torcer um pouco, para evitar que o esperma ejaculado escorra. A camisinha feminina também é descartável.

Diafragma

É uma capinha de borracha ou silicone que lembra uma concha, com um anel em volta da sua borda. Para optar por esse método anticoncepcional, a garota precisa ir ao médico para tirar a medida da profundidade da vagina e saber qual o tamanho de diafragma que poderá usar.

Antes de usá-lo é preciso ter alguns cuidados:

- Verificar a data de validade.
- Verificar se o envelope não está danificado.

© MARKA/ALAMY/GLOW IMAGES

COMO USAR O DIAFRAGMA?

- O diafragma é colocado através do canal da vagina e fica no colo do útero, impedindo, com isso, a passagem dos espermatozoides. É indicado que seja utilizado com gel espermicida (nosso próximo método de barreira). O gel é colocado na borda e pelo lado de dentro do diafragma, como se fosse encher a concha, mas não é para encher, basta só um pouco.
- O diafragma deve ser posicionado até o fundo da vagina e com um dos dedos verificar se está bem encaixado. A "concha" vai cobrir o colo do útero como se fosse um boné cobrindo a cabeça, e o colo do útero vai ficar mergulhado naquela porção de gel espermicida que estava dentro do diafragma.
- O diafragma deve ser utilizado em todas as relações sexuais e colocado logo antes do seu início ou até no máximo uma hora antes, com sua retirada somente depois de 8 horas após a relação sexual.
- Após retirá-lo, lavar com água e sabão, secar e guardá-lo em seu estojo.

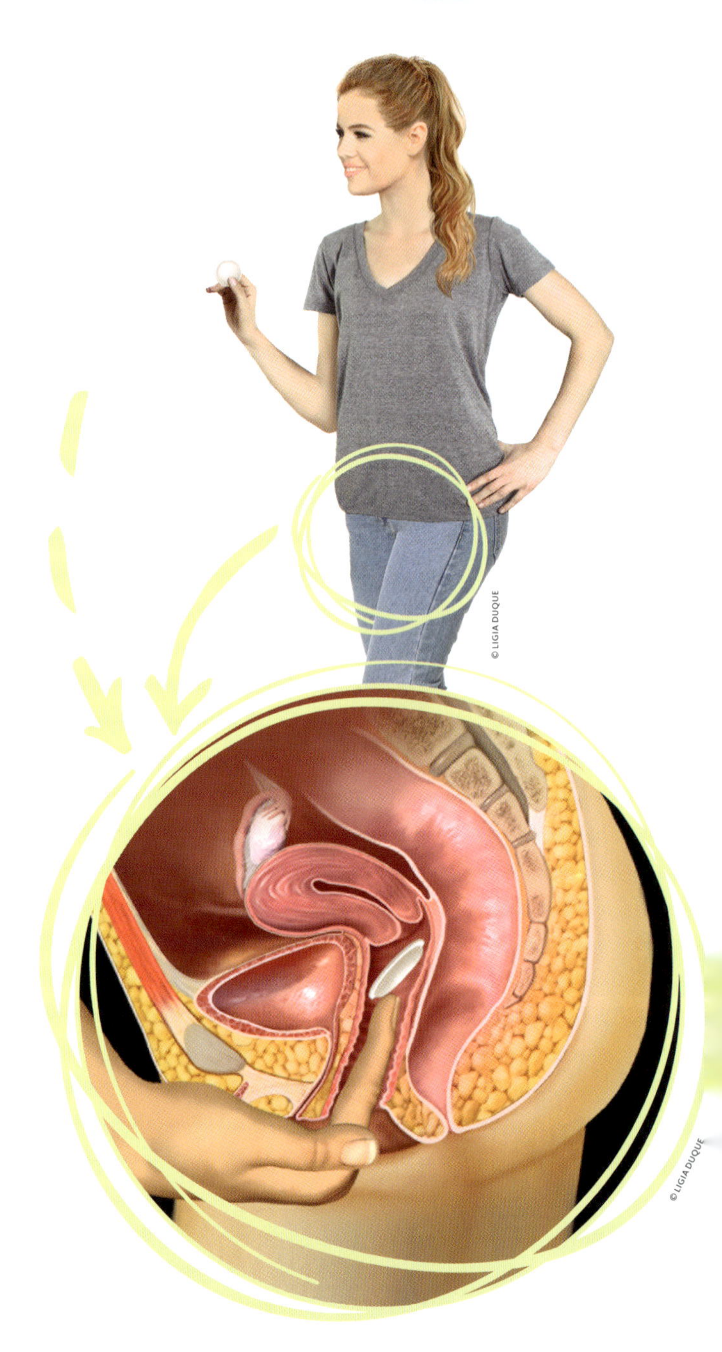

© LIGIA DUQUE

© LIGIA DUQUE

Espermicida

É uma substância química em forma de cremes, espumas, comprimidos ou geleias, que se coloca no fundo da vagina bem na hora do início da relação sexual.

A função do espermicida é matar quimicamente o espermatozoide, impedindo, assim, que ele entre no útero. É mais indicado que se use junto com o diafragma, como vimos há pouco.

© CAIO CARDOSO

MÉTODOS **NATURAIS**

Os métodos naturais – ou comportamentais – são importantes porque podem fazer a mulher conhecer melhor o corpo, mas eles **são muito pouco eficientes** para a anticoncepção. E também não são indicados para os adolescentes, que ainda estão numa fase de descoberta, aprendizado e muitas mudanças hormonais.

Tabelinha

Este método consiste em evitar ter relação sexual no período fértil.

Antes de utilizar esse método é preciso ter alguns cuidados: observar e anotar o ciclo menstrual, num período de pelo menos seis meses (quanto mais tempo, melhor), para que a chance de erro nas contas seja menor. Um ciclo é o número de dias que vai desde o primeiro dia de uma menstruação até o dia que antecede a menstruação seguinte. E o ciclo precisa ser regular, quer dizer, a menstruação não pode adiantar nem atrasar mais de três dias, o que normalmente não acontece na adolescência.

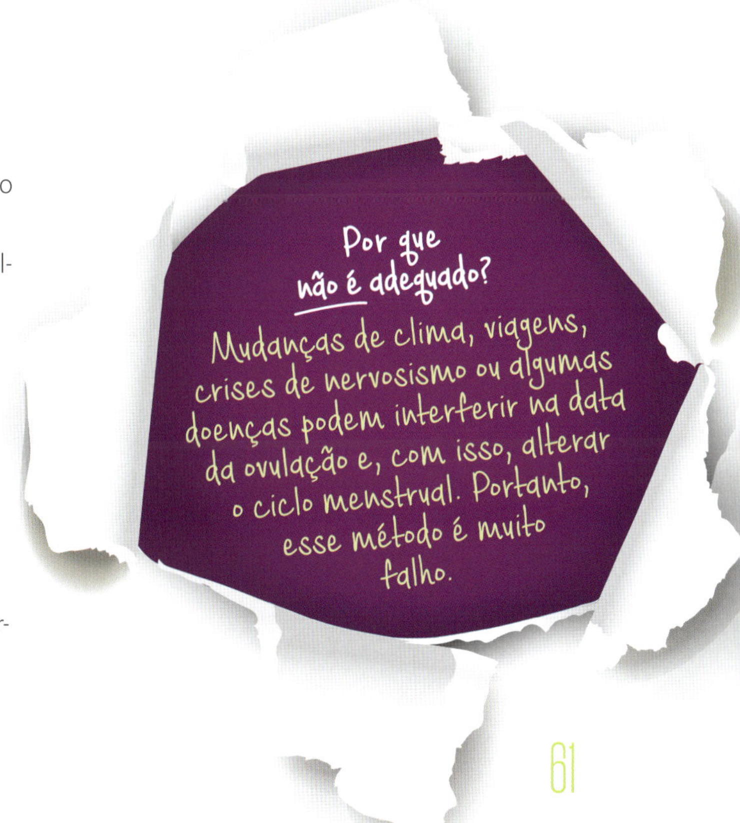

Por que não é adequado?
Mudanças de clima, viagens, crises de nervosismo ou algumas doenças podem interferir na data da ovulação e, com isso, alterar o ciclo menstrual. Portanto, esse método é muito falho.

COMO UTILIZAR A TABELINHA?

- Utilize um calendário (e veja nosso exemplo logo adiante).
- Em garotas que têm ciclo menstrual de 28 dias, pode haver variação de 25 a 31 dias. Registrar o período pelo prazo que indicamos.
- Depois de tudo anotado, ver qual mês dos 6 meses teve o ciclo mais curto (que durou menos tempo) e o mês que teve o ciclo mais longo (que durou mais tempo).
- Do ciclo mais curto, subtrair 18 dias.
- Do ciclo mais longo, subtrair 11 dias.

Continuando nossos cálculos, vamos ver um exemplo:

- Depois de ter anotado por seis meses, a garota verificou que no mês de maio (período X) seu ciclo foi mais curto = 25 dias.
- No mês de setembro (período Y) seu ciclo foi mais longo = 31 dias.

Resultado:

- Período com o ciclo mais curto (X) = 25 dias (25 – 18 = 7).
- Período com o ciclo mais longo (Y) = 31 dias (31 – 11 = 20).

Conclusão:

O período fértil da garota desse exemplo que acabamos de dar – que tem chance de engravidar – **vai do 7º ao 20º dia de cada mês.**

Por isso, ela deve evitar ter relação sexual nesses dias ou, caso aconteça, que seja com camisinha.

Temperatura

Esse método é também conhecido como **temperatura basal**, isto é, a temperatura do corpo em repouso.

Antes de utilizar esse método é preciso ter alguns cuidados, como, por exemplo, não estar doente, com febre, porque interfere diretamente na medida da temperatura.

COMO UTILIZAR A TEMPERATURA (DO CORPO)?

Verificar a temperatura todos os dias a partir do primeiro dia da menstruação, pela manhã, antes de se levantar.

Anotar a temperatura num caderninho para montar um gráfico.

A temperatura diminui um pouco uns dias antes da ovulação e aumenta no dia em que ela ocorre. Mas pouca coisa: de 36,5 °C para 36,9 °C.

Para não engravidar, é preciso evitar relação sexual nesse período em que a temperatura diminui por uns quatro dias – que antecedem a ovocitação – até uns quatro dias depois que a temperatura aumenta –, quando a ovocitação estará ocorrendo.

Muco

É também conhecido como método do **muco cervical** ou **método Billings**. O muco cervical é uma secreção produzida no colo do útero pela ação dos hormônios femininos, que umedece a vagina e pode até "molhar" a calcinha nos dias de maior quantidade. O muco varia de consistência durante o ciclo menstrual.

Logo após o término da menstruação, a mulher deve notar que a vagina fica seca. Essa secura é natural e dura, mais ou menos, de 3 a 5 dias. Depois surge uma pequena quantidade de muco transparente e pegajoso, como "catarro de nariz", que só se vê passando o dedo na entrada da vagina. À medida que vai chegando o dia da ovocitação, a quantidade do muco vai aumentando e deixa a vagina muito úmida (o que facilita a entrada dos espermatozoides no útero), e o muco fica parecido com "clara de ovo" (elástico e transparente). Esse é o momento em que a mulher está no seu período fértil e, se tiver relação sexual, pode engravidar. Então, é evitar relações durante esse período, até o quarto dia após esse muco ter desaparecido.

Depois da ovocitação, ainda com a vagina úmida, o muco muda de consistência, fica grosso e pegajoso como um "chiclete", e deixa de ser transparente para ficar opaco e amarelado. Em seguida volta o período com vagina seca, até a véspera da menstruação seguinte.

Coito interrompido

O coito interrompido acontece quando o homem retira o pênis e ejacula fora da vagina. É um **método muito falho** porque, antes de ejacular, o líquido que sai do pênis e deixa a glande molhada já contém milhares de espermatozoides. E apenas um espermatozoide só já é suficiente para engravidar, se a garota estiver num período fértil.

Acontece também com garotos que, por desconhecerem o "mecanismo" da ejaculação e pela idade, ainda não têm o controle suficiente para segurar a ejaculação.

Vale lembrar que "gozar nas coxas", bem perto da entrada da vagina, pode ser perigoso, porque basta uma gota de esperma encostar na umidade da entrada da vagina para os espermatozoides entrarem nadando pelo canal da vagina e... o final dessa história você já viu; se a garota estiver no período fértil, vamos ter mamãe e papai adolescentes na parada!
© GUSTAVO GUS

MÉTODOS HORMONAIS

© PIMPIC/SHUTTERSTOCK

Pílula

A pílula é um comprimido feito de hormônios sintéticos, ou seja, não naturais, parecidos com o estrogênio e a progesterona, produzidos pelos ovários da mulher.

A pílula age de duas formas: impede a ovocitação – sua ação hormonal faz com que o ovócito não saia do ovário – e, ao mesmo tempo, engrossa o muco cervical do colo do útero, impedindo a passagem dos espermatozoides para dentro do útero.

Antes de tomar a pílula é fundamental consultar-se com um médico ginecologista para ver qual a pílula melhor e mais indicada, já que existem vários tipos de pílulas e com dosagens hormonais diferentes.

COMO TOMAR A PÍLULA?

- Geralmente, é utilizada a cartela com 21 comprimidos. A maneira correta é iniciar com a primeira pílula no primeiro dia da menstruação. Tomar uma pílula por dia durante 21 dias, fazer uma pausa de 7 dias sem tomar, e depois recomeçar. A menstruação vem de 2 a 5 dias depois do dia em o último comprido da cartela foi tomado. E isso acontece dentro dessa pausa de 7 dias.
- Outras pílulas podem ser tomadas de formas diferentes, por isso **é necessário consultar o médico**. Atualmente, existem pílulas com diferentes formas de utilização: 24 comprimidos com intervalo de 4 dias; 22 comprimidos com intervalo de 6 dias; 28 comprimidos sem intervalo entre as cartelas, e a tradicional, com 21 comprimidos, como explicamos. A pílula deve ser tomada independentemente de ocorrer relação sexual.

Por que não é adequado?
Alguns efeitos colaterais: dor de cabeça, enjoo, sangramento vaginal irregular, inchaço do corpo todo. Sendo assim, procure um médico.

© GUSTAVO GUS

Hora do papo reto

O que acontece com o hormônio da pílula no organismo?
Garota, 17 anos.

Os hormônios das pílulas não se acumulam no organismo. Por isso, não é preciso ficar um tempo sem tomar, como muitas mulheres pensam.

É verdade que a mulher que toma pílula por muito tempo demora a engravidar?
Garota, 15 anos.

Depende de cada mulher. Para a grande maioria das mulheres, a capacidade de engravidar volta logo após ter parado de tomar pílula. Para algumas poucas mulheres, essa capacidade pode demorar alguns meses para voltar, mas acaba voltando.

Todas as mulheres podem tomar pílula?
Garota, 15 anos.

Não. Segundo o médico ginecologista Dr. José Carlos Riechelmann, não podem tomar pílulas anticoncepcionais as mulheres:

- Que fumam: há risco muito alto de ter uma trombose, que é um entupimento de um vaso sanguíneo por um coágulo. Se acontecer no coração pode causar um infarto.
- Diabéticas: esses hormônios pioram muito o controle do diabetes.
- Que têm pressão alta: os hormônios podem provocar aumento da pressão e causar risco de infarto ou derrame.
- Que têm enxaqueca: a enxaqueca pode ficar mais forte.
- Que já tiveram crise epiléptica: pode piorar a epilepsia.
- Que já tiveram câncer no seio ou ovário: os hormônios podem provocar novos tumores.
- Que já tiveram hepatite: os hormônios podem prejudicar o funcionamento do fígado.

Enfim, mesmo que não sinta nada, toda mulher que toma pílula deve ir ao ginecologista no mínimo uma vez por ano, para fazer alguns exames de sangue e saber se a pílula está prejudicando sua saúde.

Esclarecimentos muito importantes ditos pelo doutor. Portanto, não dá para descuidar. Você, inclusive, pode passar essas informações para sua responsável, pois serão úteis para ela também.

Dúvidas? Procure um médico.

Injeções

As injeções contêm os mesmos hormônios produzidos pelos ovários da mulher, porém, um pouco diferentes dos contidos nas pílulas.

COMO FUNCIONA A INJEÇÃO?

Os hormônios estrogênio e progesterona impedem a ovocitação e dificultam a passagem dos espermatozoides para o interior do útero, porque engrossam o muco cervical, como as pílulas. Existem dois tipos de injetáveis: mensal, que deve ser tomada todo mês; e trimestral, de três em três meses.

QUAL A DIFERENÇA ENTRE ELES?

- Os injetáveis mensais são compostos de 2 hormônios: estrogênio e progesterona,
- Os injetáveis trimestrais são compostos por 1 único hormônio: progesterona.

+ INFORMAÇÃO

Existem algumas injeções de baixa dosagem hormonal que podem ser receitadas para adolescentes, mas é importante que não se esqueçam de tomar no dia certo e **sempre com recomendação médica.**

O que não é adequado?

A injeção anticoncepcional pode causar alguns efeitos colaterais, como a suspensão temporária da menstruação. Qualquer problema, procure um médico.

Implantes

São pequenos "tubinhos" (bastões) – do tamanho aproximado de um palito de fósforo – feitos de silicone e com hormônio em seu interior. São colocados sob a pele do braço da mulher e liberam o hormônio aos poucos na corrente sanguínea, impedindo a ovocitação, durante um período de 3 a 5 anos.

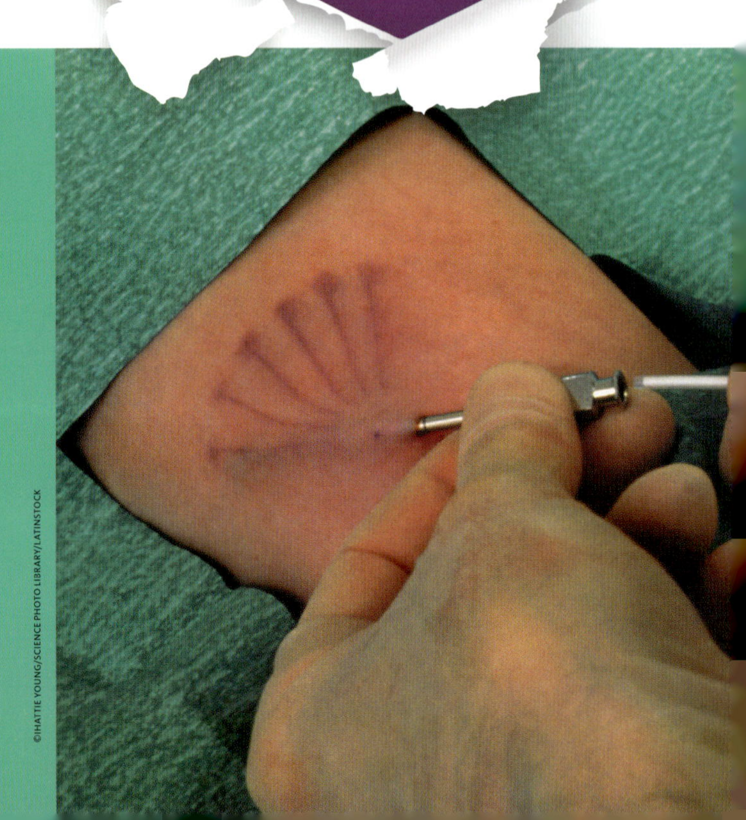

©HATTIE YOUNG/SCIENCE PHOTO LIBRARY/LATINSTOCK

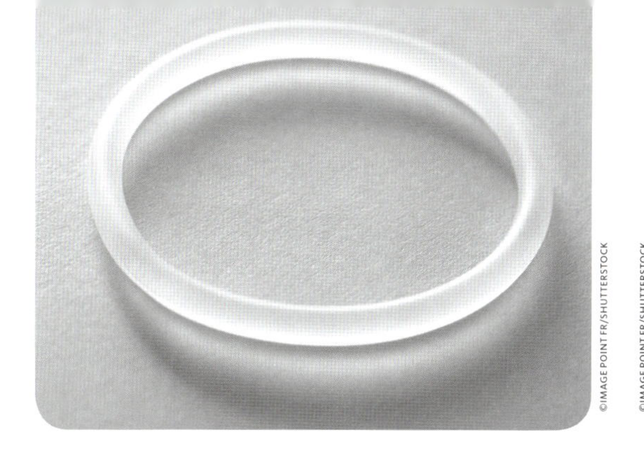

©IMAGE POINT FR/SHUTTERSTOCK

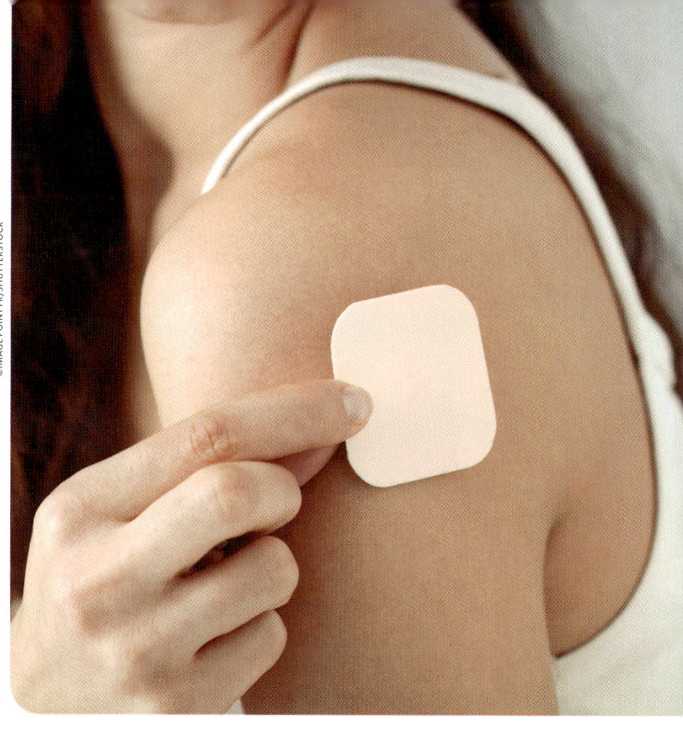

©IMAGE POINT FR/SHUTTERSTOCK

Anel vaginal

São anéis feitos de silicone, contendo hormônios em seu interior – iguais a algumas pílulas –, que são absorvidos pela vagina e evitam a gravidez. O anel vaginal age na inibição da ovocitação.

Pílula vaginal

São pílulas que trazem em sua fórmula uma quantidade até maior de hormônios contidos em algumas pílulas orais. Elas são colocadas na vagina, que absorve os hormônios para a circulação sanguínea, evitando a gravidez do mesmo jeito das outras pílulas.

Não esqueça que a utilização de um método anticoncepcional, seja ele qual for, **sempre deve ser precedido** pela consulta com o médico ginecologista. Exceto as camisinhas, tanto masculina quanto feminina, que podem ser usadas à vontade, sem necessidade de consulta médica.

Adesivos transdérmicos

São adesivos que contêm hormônios, parecidos com os encontrados em pílulas. São 3 adesivos usados no mesmo mês, um a cada semana:

- O 1º é colado na pele no primeiro dia da menstruação.
- O 2º, substituindo o primeiro, é colocado na segunda semana.
- O 3º é colocado na sequência, substituindo o segundo.

Ao final da terceira semana, há um intervalo de 7 dias. A partir daí se reinicia todo o processo.

Os adesivos agem na inibição da ovocitação.

© CAIO CARDOSO

Hora do papo reto

O que é a pílula do dia seguinte?
Garoto, 18 anos.

A pílula do dia seguinte, ou contracepção de emergência, não pode ser considerada um anticoncepcional de uso regular, do dia a dia. Como o nome mesmo diz, é de **emergência** – usado, por exemplo, quando houver o rompimento da camisinha ou em casos de violência sexual. É uma dose de hormônios bem mais alta do que a pílula comum e acaba prejudicando a saúde se o uso for frequente.

MÉTODO INTRAUTERINO

DIU – dispositivo intrauterino

O DIU é uma pequena peça de plástico que se coloca no interior do útero. O mais usado no Brasil é o **"T" de cobre**, que é feito de plástico com uma ou mais partes cobertas de cobre. Existem DIUs mais modernos, que possuem uma camada de hormônio progesterona recobrindo o plástico, em vez do cobre.

Antes de usar o DIU, o que é necessário?

A mulher deve ir ao médico ginecologista para colocá-lo. Só um médico pode introduzir um DIU dentro do útero de uma mulher.

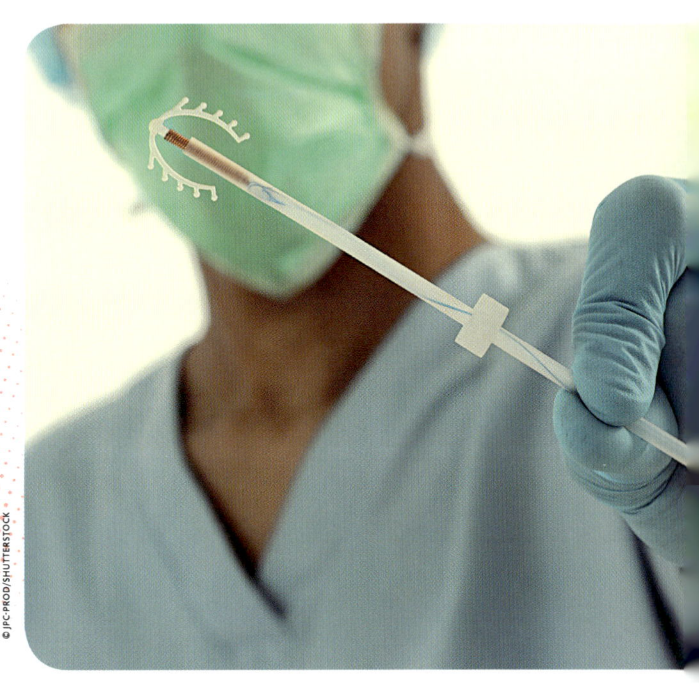

COMO SE UTILIZA O DIU?

- É colocado dentro do útero pelo médico. A ação do DIU de cobre acontece porque o cobre inativa os espermatozoides que conseguiram entrar no útero, fazendo com que eles não consigam chegar até o ovócito.
- A ação do DIU de progesterona é parecida com os métodos hormonais injetáveis trimestrais: impedem a ovocitação e dificultam a passagem dos espermatozoides para o interior do útero, porque engrossam o muco cervical. Geralmente o DIU de progesterona causa suspensão temporária das menstruações.
- A duração do DIU depende da quantidade de cobre ou de progesterona que ele contém, sendo bem eficaz durante 3 a 5 anos. Mas a mulher pode tirar na hora que desejar. A capacidade de engravidar volta imediatamente se o DIU for de cobre, e pode demorar uns poucos meses para voltar, se o DIU for de progesterona.
- Como o DIU atual, com cobre ou hormônios, não deixa os espermatozoides encontrarem o ovócito, não acontece a fecundação. Portanto o DIU moderno NÃO provoca microabortamentos.

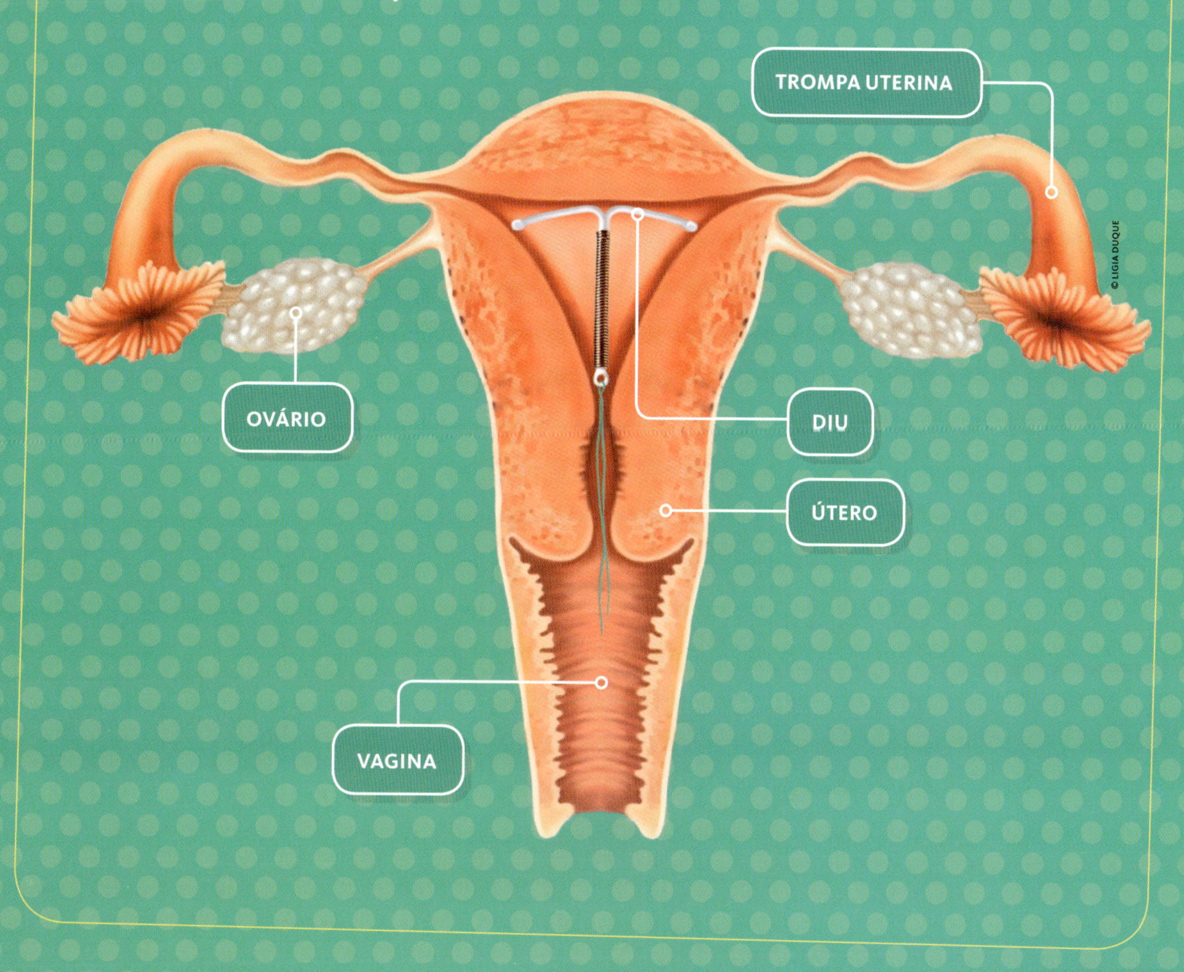

MÉTODOS DE **ESTERILIZAÇÃO**

Os dois métodos de esterilização, ou métodos cirúrgicos, são definitivos. Mesmo que hoje em dia já seja possível reverter a cirurgia, não é simples: é caro e nem sempre dá resultado. Portanto, **não são indicados para adolescentes**.

Ligadura de trompas

Para fazer uma ligadura de trompas, o médico corta e amarra as duas tubas uterinas, ou as obstrui, impedindo, assim, que o espermatozoide encontre com o ovócito, não ocorrendo a fecundação. A ligadura de trompas não interfere na sexualidade feminina nem provoca mudanças no corpo da mulher.

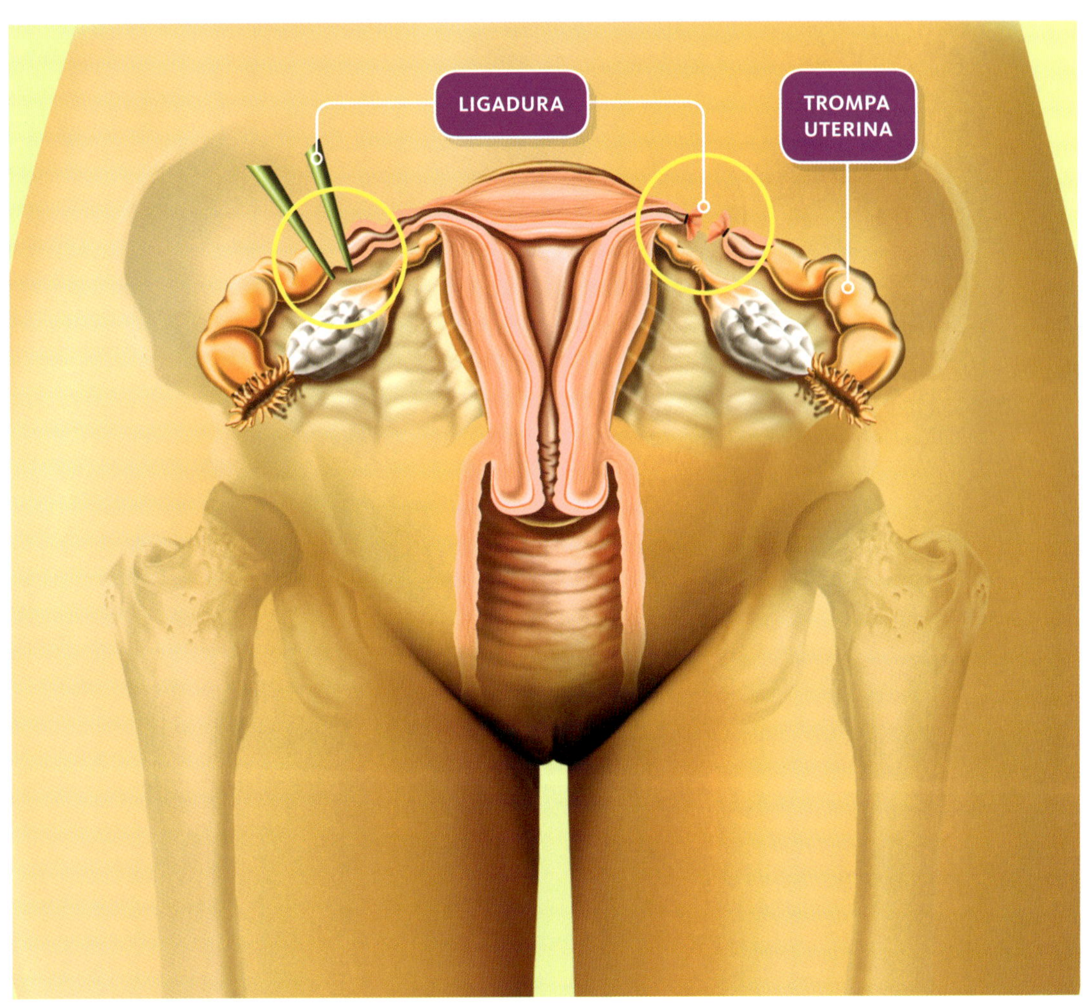

Vasectomia

É uma cirurgia simples e feita no homem. É rápida e se usa anestesia local. O médico corta e amarra ou bloqueia os canais deferentes que, como você sabe, é o caminho por onde o espermatozoide passa quando sai do testículo em direção ao pênis. Assim, impede que os espermatozoides saiam do corpo do homem e se encontrem com o ovócito, o que resultaria na fecundação. A vasectomia não interfere na sexualidade masculina nem provoca mudanças no corpo do homem.

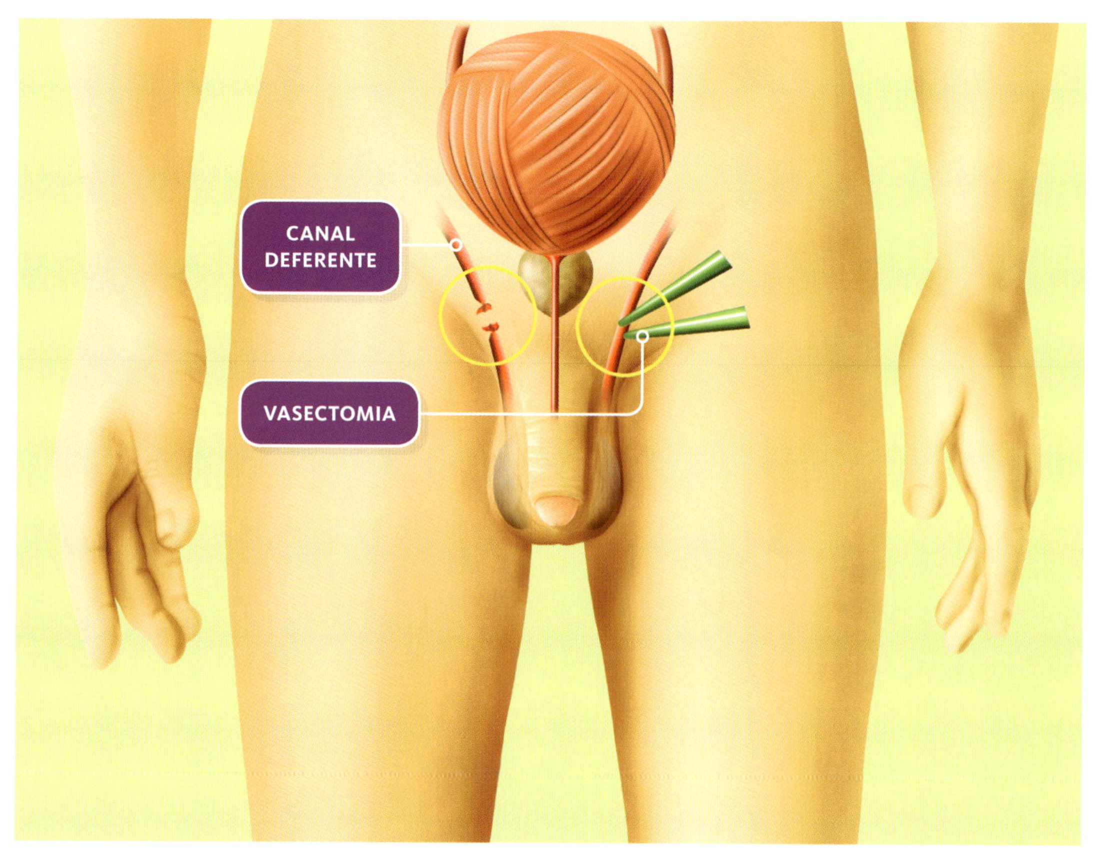

Hora do papo reto

O que acontece com o espermatozoide depois da cirurgia de vasectomia?

Garoto, 17 anos.

Os espermatozoides que continuam sendo produzidos são reabsorvidos pelo organismo. E o homem continua ejaculando normalmente, apenas o sêmen que sai do pênis não contém mais espermatozoides.

HOMOSSEXUALIDADE

Homossexualidade é a atração, o desejo e o amor por alguém do mesmo sexo. É quando o homem se relaciona com outro homem, e a mulher, com outra mulher.

Por falta de informação, intolerância e discriminação, ainda há muita dificuldade em respeitar a orientação sexual das pessoas. É importante discutir esse assunto aqui para que possamos "varrer" esse preconceito da cabeça. Esse e tantos outros. Você pode não aceitar, mas deve respeitar!

Vamos falar de alguns conceitos importantes, que vão ajudar a entender melhor esse assunto.

Identidade de gênero

É a percepção interna, o que você – na sua cabeça – pensa de si mesmo. O que acredita que é, sendo homem ou mulher.

A identidade de gênero se constrói desde muito pequeno – por volta dos três anos de idade – e se desenvolve paralelamente ao desenvolvimento da personalidade (o jeito de ser de cada pessoa) e da aquisição da linguagem (suas primeiras palavras).

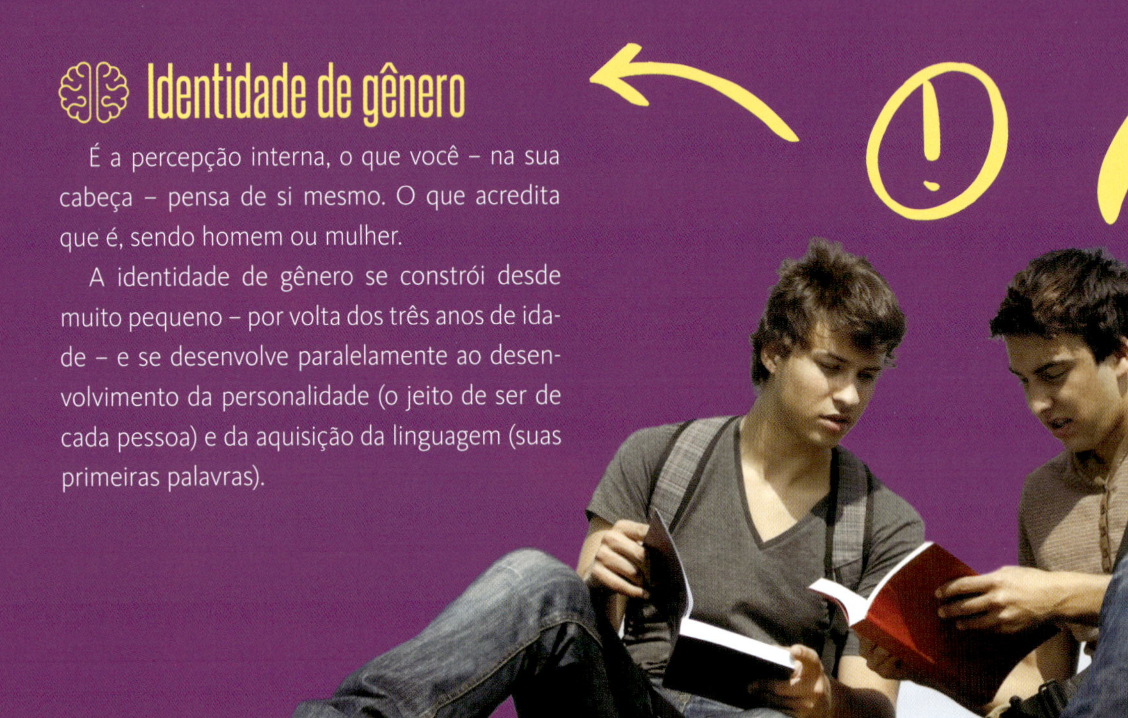

© HELDER ALMEIDA/SHUTTERSTOCK

Expressão de gênero

Essa expressão, também conhecida como **papel de gênero**, é o comportamento de cada pessoa a partir do seu gênero masculino ou feminino. É o conjunto de condutas esperadas de uma pessoa desde criança, de acordo com o que a sociedade estabelece como sendo um comportamento de homem ou mulher.

COMO ASSIM?

O que pode ser normal para a gente pode não ser em outro país. E o contrário também acontece.

É normal um homem andar de saia? Em países como a Escócia e o País de Gales, esse é um hábito normal entre os homens. E se cumprimentar dando um beijinho na boca? Na Rússia isso acontece e ninguém fica chocado.

Então, homens e mulheres vão vivenciar sua **expressão de gênero** de acordo com o que seu país estabelece como sendo "coisa de homem" e "coisa de mulher". São os hábitos culturais de cada povo.

Mas esses comportamentos vêm sofrendo grandes mudanças. No passado, homem não usava brinco, hoje é comum. Alguns, na vanguarda, até usam saias. Mulheres que usavam calça comprida não eram bem-vistas; hoje você conhece alguma que não usa pelo menos uma vez na vida? Isso tem feito homens e mulheres terem mais igualdade de direitos.

Sexo biológico

É o que pode ser visto (órgão sexual) ou verificado, medido (hormônios), comprovando que alguém é biologicamente do sexo feminino ou masculino.

Orientação sexual

É a atração sexual, o desejo de cada pessoa de se relacionar sexual e amorosamente com outra do mesmo sexo.

A atração sexual é o que aproxima as pessoas e faz com que fiquem com vontade de ter uma relação sexual ou ficar afetivamente junto, namorando ou só "ficando".

Não podemos esquecer que a orientação sexual não pode ser medida para o julgamento moral de uma pessoa.

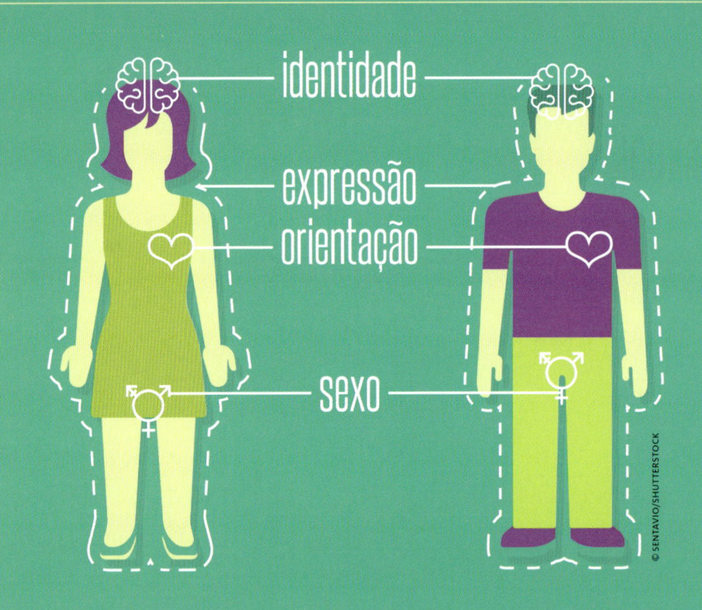

IDENTIDADE DE GÊNERO

MULHER ⟷ HOMEM

É como você, na sua cabeça, pensa sobre si mesmo.

EXPRESSÃO DE GÊNERO

FEMININA ⟷ ANDRÓGENO ⟷ MASCULINO

É como você demonstra seu gênero pela forma de agir, se vestir, interagir e se expressar.

SEXO BIOLÓGICO

FEMININO ⟷ INTERSEXUAL ⟷ MASCULINO

É o que pode ser medido e observado cientificamente. Seu órgão genital, cromossomos e hormônios. Feminino = vagina, ovários e cromossomos XX. Masculino = pênis, testículos e cromossomos XY. Intersexual é uma combinação dos dois (não confundir com hermafroditas).

ORIENTAÇÃO SEXUAL

HETEROSSEXUAL ⟷ BISSEXUAL ⟷ HOMOSSEXUAL

Se refere ao que você é fisicamente, psicologicamente e espiritualmente atraído, baseado no seu sexo e gênero em relação ao outro.

FONTE: WWW.ITSPRONOUNCEDMETROSEXUAL.COM (ACESSO EM: 26 NOV. 2015).

A homossexualidade tem a ver com orientação sexual

A atração sexual de uma pessoa por outra do mesmo sexo **não é uma escolha**, uma opção, falta de vergonha ou porque pai e mãe não souberam criar, como costumam dizer de forma incorreta. Ninguém escolhe ser homossexual. Como também não é uma escolha ser heterossexual (atração sexual pelo sexo oposto) ou bissexual (atração sexual pelos dois sexos).

Ninguém escolhe por quem quer se sentir atraído, sentir desejo, se apaixonar. A homossexualidade faz parte da personalidade do homem e da mulher homossexuais: cresce e se desenvolve com eles.

Muitos estudos e pesquisas já foram feitos no mundo todo. Acreditava-se que a homossexualidade tinha a ver com a relação com os pais. Depois se pesquisou pelo lado da genética, influência do meio e muito mais. Mas nenhum estudo levou a uma conclusão cientificamente definitiva. Hoje, sabemos que não é doença. Não sendo doença, não existe "cura".

© CAIO CARDOSO

O Conselho Federal de Medicina (órgão que cuida da classe dos médicos) deixou de considerar a homossexualidade como doença desde 1985, e o Conselho Federal de Psicologia (órgão que cuida da classe dos psicólogos), desde 1999. Todas as instituições científicas sérias e de confiança também pensam da mesma forma.

Na adolescência pode acontecer de algum garoto ter atração ou mesmo experiência sexual com alguém do mesmo sexo, às vezes um colega próximo. Isso faz parte da descoberta da sua sexualidade, e essa vivência não significa que ele é ou será homossexual. Os garotos não precisam ficar encucados, cheios de culpa e vergonha. Com o desenvolvimento da idade, as "coisas" ficam mais claras.

Outra coisa: a atração por alguém mais velho, do mesmo sexo, pode ser admiração e não atração sexual.

Com as garotas acontece a mesma coisa.

E quando se sabe que se é *gay* ou lésbica?

Garotos e garotas que, na idade de vocês, já têm claro qual o desejo que sentem, sofrem muito por isso. Primeiro, o medo dessa atração e da frustração que causarão à família. Depois, a solidão no colégio, por não poderem contar para ninguém ou demonstrar seu afeto. E, por último, a pressão social e a certeza de que sofrerão uma barra pesadíssima com o preconceito que vem de todo lado.

É por isso que, desde cedo, muitos jovens se organizam em grupos para ter espaço e poder se expressar livremente. E essas organizações ajudam muito nesse sentido.

É importante lembrar que as pessoas têm sua própria sexualidade – mesmo que diferente do amigo –, e devemos respeitá-las do jeito que elas são. Ninguém deve ser discriminado por causa da sua orientação sexual.

O normal é socialmente construído. Cada sociedade estabelece e constrói o que é normal para si: seus valores de certo e errado, seus padrões e como lidam com o comportamento sexual de todos. Isso pode mudar com o tempo ou ao longo da história.

Quer ver um papo bem claro de preconceito?

É um engano pensar que o homem homossexual anda sempre com trejeitos femininos, e a mulher, com um comportamento masculino. Existem homens bem machões que são *gays*, e outros mais "delicados" que são heterossexuais. Ou mulheres bem femininas que são lésbicas (homossexuais), e outras com "jeitão de homem", heterossexuais.

Fique ligado!

Duas campanhas muito legais contra o preconceito à homossexualidade, que vale a pena ver. A primeira, do Ministério da Saúde do Brasil, e a segunda, de Portugal.

Digite no Youtube:

- **Campanha GAY Ministério Saúde BR Respeitar as diferenças.** Começa com um rapaz tocando a campainha e o pai atendendo a porta.
- **Campanha contra a homofobia.** Acontece com duas senhoras sentadas num banco de praça.

HOMOFOBIA

© NITO/SHUTTERSTOCK

Parece que aqui, nesse sentido, ainda temos muito que caminhar. O crime em relação aos homossexuais é horrível.

Uma parcela da população – como justificativa – costuma dizer que a violência está em todo canto. Em parte é verdade. Mas a pessoa homossexual não

© UERGEN FAELCHLE/SHUTTERSTOCK

é assassinada porque estava com um relógio de valor ou reagiu a um assalto, e, sim, por causa da sua orientação sexual.

A homofobia é o conjunto de ações negativas em relação às pessoas homossexuais. Essas ações incluem ódio, desrespeito, desprezo, aversão, violência de qualquer tipo (física, psicológica e moral) e assassinato.

Os homofóbicos são aqueles que não conseguem conviver com a diferença ou não conseguem admitir a possibilidade de ter alguém homossexual por perto.

Se por um lado existe essa violência absurda, por outro, a militância de grupos organizados fez com que o Brasil tivesse alguns avanços importantes. O governo federal, em conjunto com a sociedade civil, elaborou o programa **Brasil sem homofobia**, que objetiva a implementação de ações integradas para o combate ao preconceito, à discriminação e à violência homossexual.

Os cartórios de todo o país não poderão se recusar a converter uma união estável homoafetiva em casamento, nem deixar de celebrar casamentos entre pessoas do mesmo sexo. Essas medidas foram aprovadas em maio de 2013, pelo Conselho Nacional de Justiça.

"Todas as pessoas têm **direito** de viver livres e em segurança." (Artigo 3º da Declaração dos Direitos do Homem, ONU, 1948)

"Todos são **iguais** perante a lei, sem distinção de qualquer natureza, garantindo-se aos brasileiros e estrangeiros residentes no País a inviolabilidade do direito à vida, à liberdade, à igualdade, à segurança e à propriedade." (Artigo 5º da Constituição da República Federativa do Brasil, 1988)

"UMA CIVILIZAÇÃO É JULGADA PELO TRATAMENTO QUE DISPENSA ÀS MINORIAS"

Mahatma Gandhi, líder espiritual e pacifista indiano.

HOMOFOBIA NAS ESCOLAS BRASILEIRAS

27% dos homossexuais e bissexuais declaram sofrer ou ter sofrido preconceito no ambiente escolar

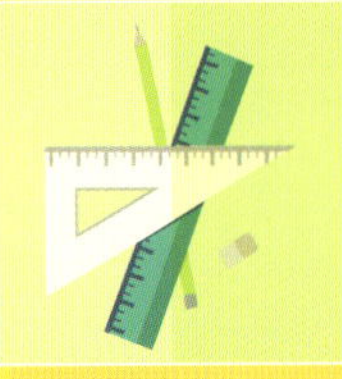

13% deles afirmam que a escola foi o primeiro lugar onde sofreram discriminação

87% da comunidade escolar (alunos, professores e pais) têm algum grau de homofobia

39% dos estudantes do sexo masculino não gostariam de ter um colega homossexual

35% dos pais não gostariam que o filho estudasse com um homossexual

60% dos professores admitem não ter base para lidar com a diversidade sexual

© EDEL/SHUTTERSTOCK
© ETRAVELER/SHUTTERSTOCK

FONTES: FUNDAÇÃO PERSEU ABRAMO / FACULDADE DE ECONOMIA, ADMINISTRAÇÃO E CONTABILIDADE DA UNIVERSIDADE DE SÃO PAULO (FEA-USP) / UNESCO.

TRAVESTIS, TRANSEXUAIS...

Travesti é a pessoa – geralmente homem – que se veste de mulher e faz alterações no corpo, com a aplicação de silicone. A travesti não faz mudança de sexo. Encontrar travesti mulher, que se traveste de homem, é raro, mas existe.

Transexual é o homem ou mulher que acredita ter nascido num corpo errado. Por exemplo, um homem, cuja **identidade de gênero** é feminina e se sente mulher, busca fazer uma cirurgia de **transgenitalização** (popularmente "mudança de sexo"), para adequar seu corpo à sua cabeça.

QUAL O CAMINHO?

Combater qualquer tipo de discriminação – que é a ação do preconceito. Não importa por quem a pessoa tem atração. E isso cada um pode fazer, como uma corrente do bem e de respeito pelo outro.

É o mesmo respeito que devemos ter por todas as pessoas, independentemente da cor da pele, do tipo de cabelo, do tipo físico, do país de origem, da religião, se são cadeirantes ou se se comunicam através de libras (linguagem das pessoas mudas).

PRA QUE PARTIR PARA A VIOLÊNCIA?

Infelizmente, a violência está em todas as faixas etárias, e na idade de vocês não é diferente. Há todo tipo de agressão, e por saberem que tem muita gente capaz dessas atrocidades, garotos e garotas devem tomar cuidado e "não dar bobeira pro azar".

Muitas agressões são de origem sexual, como o estupro. Outras, de relacionamentos confusos e agressivos, como xingamentos, que podem resultar numa violência física. Por isso, o papo sobre esse assunto aqui no livro. Vamos explicar melhor.

VIOLÊNCIA VERBAL

Falar mal, ofender, insultar ou "zoar" com aqueles apelidos que acabam ofendendo.

Exemplo: Sabe quando o garoto sai falando mal da garota porque ela terminou o namoro? Aí a ofende com as maiores barbaridades. Ou aquele garoto gordinho, que recebe os apelidos mais horrendos?

VIOLÊNCIA FÍSICA

Bater, empurrar, beliscar...

Exemplo: Quando acontece qualquer tipo de agressão física. Até aquele que alguns podem considerar "normal", como o garoto dar um beliscão na namorada para que ela troque de roupa, já que está com um vestido curto. É violência, sim!

VIOLÊNCIA PSICOLÓGICA E MORAL

Humilhar, intimidar, difamar, chantagear...

Exemplo: "Você não presta!" ou outros xingamentos morais. Utilizar do que chamamos de "tortura psicológica" – pressão – para atingir seus objetivos.

VIOLÊNCIA SEXUAL

Estuprar, abusar, violentar, assediar...

Exemplo: Quando um garoto força a transa com a namorada sem que ela queira, é uma violência sexual. E não para por aí: assediar dando um beijo forçado também é uma forma de violência.

VIOLÊNCIA DE GÊNERO

Outro tipo de violência crescente no nosso país é a violência acometida em sua grande maioria do homem contra a mulher. O contrário acontece em menor número.

O homem – e aí inclui o garoto adolescente também – ainda não conseguiu aprender que a mulher – a garota, sua namorada – não é sua propriedade. Quando ela não faz o que ele quer, reage com agressões físicas e/ou psicológicas e morais, como falamos. Por isso, consideramos violência de gênero, porque é feita contra a mulher e dentro dessas características.

No Brasil existe a Lei Maria da Penha, que garante mecanismos de defesa mais abrangentes para mulheres vítimas de violência doméstica, e aumenta a pena do agressor.

LEI MARIA DA PENHA

A Lei n. 11.340, promulgada em 7 de agosto de 2006, tem esse nome em homenagem à senhora Maria da Penha Maia Fernandes, que sofria violência doméstica por parte do seu marido e não ficou de "braços cruzados" até conseguir a punição do agressor.

Fique ligado!

DISQUE 100 – Disque direitos humanos

Esse número é um serviço telefônico de recebimento, encaminhamento e monitoramento de denúncias de violação dos direitos humanos. Contempla, também, a proteção de crianças e adolescentes, contra a violação dos seus direitos.

O Disque 100 é um serviço da Secretaria de Direitos Humanos da Presidência da República.

BULLYING

Esse é um tipo de violência muito comum nas escolas hoje em dia.

Sem tradução no Brasil, *bullying* é uma palavra de origem inglesa, e é usada para definir a ação de pessoas que têm comportamento agressivo, intencional e repetitivo, que não aceitam o jeito de ser do outro. Geralmente parte do mais forte contra o mais fraco; de idade inferior; tímido; muito magro ou mais gordo; de outra raça; outra religião; com ideias diferentes e outra orientação sexual.

Não há justificativa. O *bullying* ocorre pelo "simples" prazer de maltratar, humilhar, intimidar, ganhar vantagens e deixar o colega com medo.

Caramba, pra que isso?

Quem age assim precisa de limites, e se você conhece um caso desses na sua escola, procure sua professora ou a coordenação ou a direção do colégio. Não podemos aceitar esse tipo de coisa. Converse também com seu responsável.

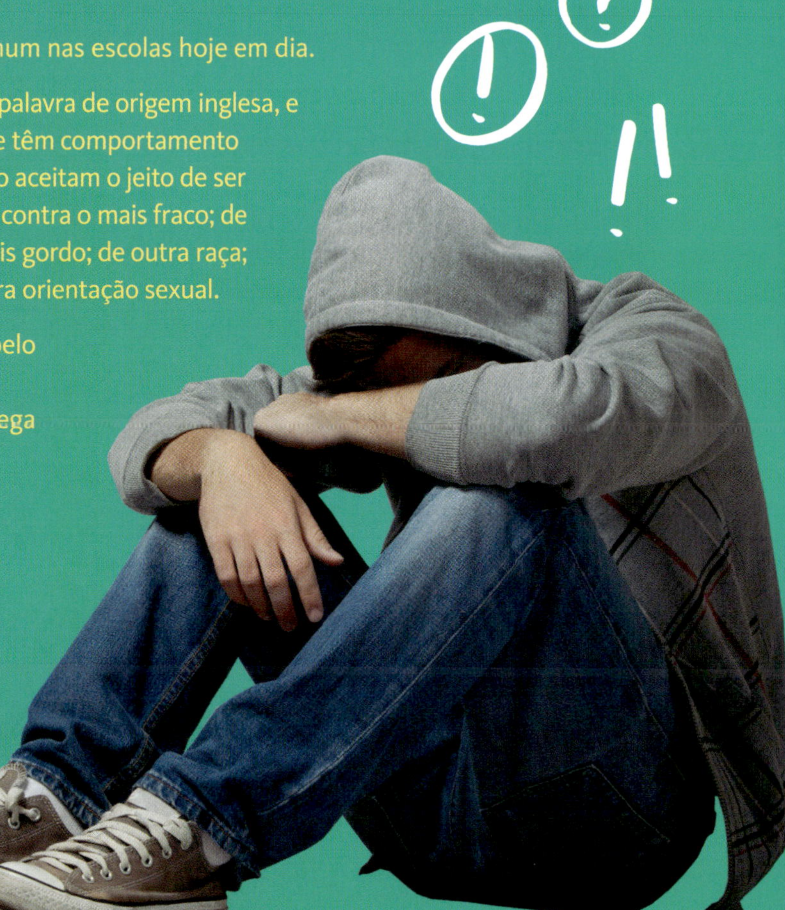

QUEM AGRIDE MAIS?

Na prática, encontramos mais garotos violentos do que garotas. E a explicação é a seguinte: por serem mais agressivos, incentivados à violência e utilizarem a força física, as agressões são mais visíveis. Já as garotas usam mais a intriga, o isolamento ou até mesmo as agressões verbais que, na prática, passam mais despercebidas.

Por maior que seja a raiva naquele momento, o diálogo ainda é o melhor caminho. A violência não é boa para nenhuma das partes.

© CAIO CARDOSO

© OLIVEROMG/SHUTTERSTOCK

INTIMIDADE VIRTUAL

Esse papo é muito sério e suas consequências podem ser bem negativas. Por isso, galera, vamos ficar atentos porque a conversa é sobre internet, celular e outras tecnologias que fazem parte do nosso dia a dia.

Cyberbullying

Uma das violências que mais tem se expandido é o ***cyberbullying*** ou ***bullying* virtual**. Essa violência expõe as pessoas e sua intimidade – a partir, principalmente, da internet. A forma utilizada pode ser das mais variáveis: celular, filmadora, máquina fotográfica e *webcam*.

Vídeos, fotos ou "brincadeiras sem graça", que expõem a pessoa ao ridículo, gravados e compartilhados por meio da internet, SMS ou *WhatsApp*, podem causar constrangimento, humilhação, intimidação e uma vergonha tão grande que não dá vontade de sair de casa. Muito menos ir à escola.

Brincadeira entre amigos só vale quando todos se divertem. Quando há sofrimento e chateação, é preciso parar!

© GUSTAVO GUS

Sexting

Quando a conversa é "sexualidade na internet", o nome é ***sexting***. Como acontece?

Sexting é uma forma de expressar sua sexualidade via internet ou celular, por exemplo, pelo *WhatsApp*. Isso inclui publicar fotos sensuais, com pouca roupa ou nudez total, vídeos eróticos – às vezes da própria pessoa que está publicando – e brincadeiras de cunho sexual.

É preciso ter muito cuidado, mesmo que você tenha uma confiança absurda na outra pessoa ou que estejam apaixonados "pra caramba". Nem mesmo aquela foto que ele ou ela promete que vai deletar ou o vídeo de vocês dois que ninguém vai ver deve ser realizado. O que hoje pode ser uma brincadeira de namorados, amanhã pode ser uma dor de cabeça sem proporções. Como o melhor é cortar o mal pela raiz, vamos evitar!

Pois é, hoje é uma grande paixão, mas ninguém sabe o dia de amanhã e o que podem fazer com esse material. Mesmo que não seja a própria pessoa: e se ela perde o celular com suas fotos ou vídeos, já pensou?

Quando esse material cai na rede, é impossível controlar e parar sua propagação. A pessoa fica exposta a um linchamento moral sem controle. Há *sites* de todo tipo que são especializados em divulgar esses conteúdos. Em minutos, milhares de pessoas têm acesso, salvam e compartilham. Mas os próprios colegas podem compartilhar maldosamente, sem medir as consequências. Então, todo cuidado é pouco!

Ninguém prova que ama tirando fotos íntimas ou querendo "guardar esse amor" para sempre em filmes gravados que mostrem a intimidade da pessoa ou do casal. Amor a gente guarda é no coração.

Bate-papo sobre sexo?

Sim, aqui no livro, pode. Na internet, cuidado com o teor da conversa e com as informações que você passa. O universo da internet é maravilhoso, mas tem muita mentira, maldade e gente com má intenção.

ALGUMAS DICAS QUE PODEM AJUDAR:

Não dê nenhuma informação sobre você a estranhos: nome, endereço, telefone ou outro contato, escola em que você estuda ou como é seu uniforme.

Não passe nenhuma foto sua. Principalmente aquelas em que você está com roupa de praia.

Não marque encontro com estranhos.

Peça ajuda ao responsável.

O que fazer em casos de apuro?

Procure ajuda de alguém de confiança o mais rápido possível. Não importa se você autorizou a publicação e percebeu que se meteu numa encrenca danada ou, pior ainda, se publicaram sem sua autorização ou espontânea vontade.

Para quem faz esse tipo de coisa é importante lembrar que é CRIME produzir, guardar, vender, publicar e divulgar imagens e vídeos do corpo sem roupa, e cenas de sexo – ou de intenções sexuais –, que envolvam crianças e adolescentes por qualquer meio de comunicação, incluindo a internet.

Existem *sites* que podem ajudar e orientá-lo melhor. Em algumas cidades, além das "delegacias comuns", que estão sempre abertas para o cidadão, existe a Delegacia de Crime contra a Informática. Mas peça sempre a ajuda e a presença de seus responsáveis.

+ BATE-PAPO

Uma pesquisa feita pela ONG Safernet, realizada com quase 3.000 jovens de 9 a 23 anos, mostra que 20% já recebeu textos ou imagens eróticas de amigos e conhecidos, e 6% já repassou esse tipo de conteúdo – a maioria o fez mais de cinco vezes.

DOENÇAS SEXUALMENTE TRANSMISSÍVEIS (DSTs)

As doenças sexualmente transmissíveis (DSTs) são contraídas no contato/relação sexual sem o uso da camisinha, quando uma das pessoas envolvidas no ato sexual tem alguma das doenças (existem transmissões com a "esfregação" pesada, mesmo sem a penetração do pênis).

O que é mais importante saber logo no início do nosso papo?

Diante de qualquer alteração nos órgãos sexuais, como: corrimentos, irritação, feridas, caroços, verrugas, ardência, uma sensação ruim ao urinar, coceira ou alguma coisa que não seja habitual, suspenda imediatamente a relação sexual e procure um médico.

Não aceite indicação do balconista da farmácia. Por mais legal que ele seja e queira lhe ajudar, não é um profissional de saúde.

Vamos, então, conhecer algumas dessas doenças.

GONORREIA

Também conhecida como blenorragia, é causada por uma bactéria, gonococo, com período de incubação de 2 a 10 dias.

Com a doença, o homem sente dor ao urinar e apresenta pus no pênis.

A mulher tem corrimento vaginal (diferente do que acontece normalmente) e dor abdominal ao urinar. Nem sempre as mulheres apresentam sintomas no início.

E SE NÃO TRATAR?

Poderá ficar estéril, com problemas no coração em casos extremos e, se estiver grávida, poderá abortar.

VERRUGAS VENÉREAS

Também conhecidas como **condiloma acuminado** ou **crista de galo**), são causadas por um vírus, HPV, com período de incubação de 4 a 12 semanas.

No homem aparecem verrugas em volta do pênis e ânus. Na mulher, na vulva e vagina. Essas verrugas juntas lembram uma couve-flor.

E SE NÃO TRATAR?

Pode ser uma porta de entrada para o câncer de colo de útero ou de pênis.

HERPES

É causada pelo vírus *Herpes simplex*, do tipo I ou II, com período de incubação de 2 a 7 dias.

O tipo I causa inflamação ou irritação no rosto, boca e lábios, que geralmente chamamos de herpes labial. O tipo II causa inflamação ou irritação na área genital.

Com a herpes simples I, ocorre inchaço com posterior formação de bolhas e feridas ao redor da boca ou dos lábios. Com a herpes simples II, há bolhas (parecendo um cacho de uvas) ou feridas nos órgãos sexuais ou ânus; dor de cabeça e febre. Essas bolhas doem um pouco e têm pus. Coçam muito e a pele pode ficar vermelha e um pouco inchada.

E SE NÃO TRATAR?

Os sintomas desaparecem, mas voltam de tempos em tempos, dependendo do estado da pessoa: estresse, dificuldades emocionais e baixa imunidade contribuem para seu reaparecimento. É bom lembrar que essa doença não tem cura.

No caso de uma mulher grávida, é indicado o parto cesariano. Isso porque, pelo parto normal, o bebê pode ser infectado na hora do nascimento.

SÍFILIS

É causada por uma bactéria, *Treponema pallidum*, com período de incubação de 3 a 6 semanas.

O homem contaminado apresenta uma ferida (cancro) no pênis. Na mulher, a mesma ferida aparece na vagina e no colo do útero. Essa ferida pode aparecer também nos lábios e na língua.

E SE NÃO TRATAR?

Se não for tratada adequadamente, os sintomas desaparecem e a pessoa acha que está curada. Engano! A doença volta mais tarde de forma mais intensa (segunda fase). Se de novo não for tratada, ela retorna mais uma vez (terceira fase), trazendo consequências muito mais graves. E essa terceira fase pode acontecer depois de anos, quando a pessoa nem lembra mais que teve sífilis. As consequências podem ser cegueira, paralisia, problemas no coração, loucura e até a morte, se chegar na terceira fase.

Para vocês terem uma ideia, Napoleão Bonaparte e D. Pedro I são exemplos de homens importantes da história contaminados por essa doença. Impressionante como até hoje a sífilis atinge as pessoas, quando não usam camisinha.

CLAMÍDIA

É causada por uma bactéria, *Clamidia trachomatis*, com período de incubação de dias até um mês.

No homem, a doença aparece com ardência ao urinar e secreção. Na mulher, a bactéria pode ser encontrada no colo uterino, no útero e até nas trompas. O problema é que, às vezes, os sintomas nem aparecem.

E SE NÃO TRATAR?

Ambos poderão ficar estéreis; ela com infecção nas trompas, e ele, nos testículos. Se a mulher engravidar e for infectada, a doença poderá ser transmitida da mãe para o filho.

Algumas doenças não são consideradas DSTs, mas podem ser contraídas na relação sexual ou pela simples aproximação dos corpos no momento da relação sexual.

Como exemplo, podemos citar a **hepatite B**, uma infecção causada por um vírus que pode ser transmitido também pela relação sexual. Há outras formas de hepatite que não são transmitidas por via sexual, e só um exame de sangue pode definir o tipo da doença. O maior problema da hepatite B é que ela pode gerar problemas crônicos no fígado.

Outro exemplo é o **piolho** (ou **chato**), que também pode ser transmitido pela relação sexual. Para contaminar o parceiro basta o contato muito próximo dos corpos na hora da relação sexual. O mesmo acontece com a **sarna** (escabiose).

Para quem tem piolho ou sarna é preciso ter um cuidado redobrado com a higiene, e é importante ferver a roupa íntima.

Hora do papo reto

Urinar após a relação sexual evita uma DST?
Garoto, 16 anos.

Isso é uma crendice que passa de boca em boca. Assim, mesmo diminuindo o risco, porque a urina é ácida e pode matar alguns poucos micro-organismos, dependendo do caso, pode ter um efeito contrário, criando um ambiente favorável para a doença. Não dá pra arriscar!

Uma DST sempre apresenta sintoma?
Garoto, 14 anos.

Nem todas as DSTs apresentam sintomas. Além disso, os sintomas podem ser parecidos em diferentes doenças.

Eu já ouvi falar que se cura com penicilina. É só comprar na farmácia...!
Garoto, 17 anos.

Algumas sim, outras não. Portanto, só o médico pode receitar o que é indicado.

Se após a relação sexual eu fizer uma ducha, as chances de contrair a doença são nulas?
Garoto, 15 anos.

Nada disso. A ducha pode até facilitar e empurrar o vírus ou a bactéria mais para dentro, num contato mais direto com a mucosa.

AIDS

É a mais grave de todas as DSTs, justamente por não ter cura até o momento, apesar das pesquisas realizadas em todo o mundo.

Aids é uma abreviatura em inglês e significa *Acquired Immunodeficiency Syndrome*. Em português significa **Síndrome da Imunodeficiência Adquirida**. Em alguns países de língua espanhola, em Portugal ou mesmo no Brasil, você pode encontrar a expressão SIDA (usando a tradução da abreviatura ao "pé da letra").

Síndrome é um conjunto de sinais e sintomas de uma doença. **Imunodeficiência**, quando o corpo não tem mais a mesma capacidade de se defender das doenças. **Adquirida** é o contágio que se dá de pessoa para pessoa, através de um vírus. No caso, o HIV – vírus da aids.

Como acontece?

O vírus da aids (HIV) ataca o sistema imunológico do organismo humano, que é o responsável por nos proteger de doenças. Sem defesa, a pessoa pode desenvolver diferentes tipos de infecção.

Essas infecções, ou doenças oportunistas, aproveitam que o organismo está sem proteção e com a imunidade baixa para atacar. Por isso, oportunistas. Exemplos: tuberculose, herpes, pneumonia, entre outras. Como o organismo está com a imunidade baixa e não consegue se defender, essas doenças se desenvolvem sem controle e podem matar.

Sintomas mais comuns

Febre, perda de peso acentuada, cansaço, ínguas, diarreias frequentes e em alguns casos manchas pelo corpo são os sintomas mais comuns. Mas além desses há outros, provenientes da própria doença oportunista que está acometendo a pessoa.

Se uma pessoa não apresenta nenhum desses sintomas, dizemos que ela é soropositiva para o HIV ou que vive com o HIV, quer dizer, tem o vírus da aids na sua corrente sanguínea. Quando começa a apresentar os sintomas, aí ela de fato é "doente de aids".

É muito importante saber que, mesmo sendo só portadora do HIV, sem nenhum dos sintomas ou qualquer doença, se a pessoa transar sem camisinha poderá transmitir para outras pessoas o vírus da aids.

Mas como saber se está com HIV?

Não tem como saber. Uma pessoa pode ficar com o HIV por anos no organismo sem desenvolver a doença. E, com isso, não apresentar nenhum sintoma nem saber – ela ou outra pessoa – que tem o HIV. Para ter certeza, só fazendo o exame.

Por isso, mais uma vez reforçamos a ideia de que é fundamental a camisinha em toda relação sexual. Não existe aquele papo de que "eu conheço a pessoa, é minha conhecida" ou "isso é coisa de homossexual ou prostituta". Um engano danado se você pensa desse jeito. Todas as pessoas podem se infectar se não se protegerem usando camisinha.

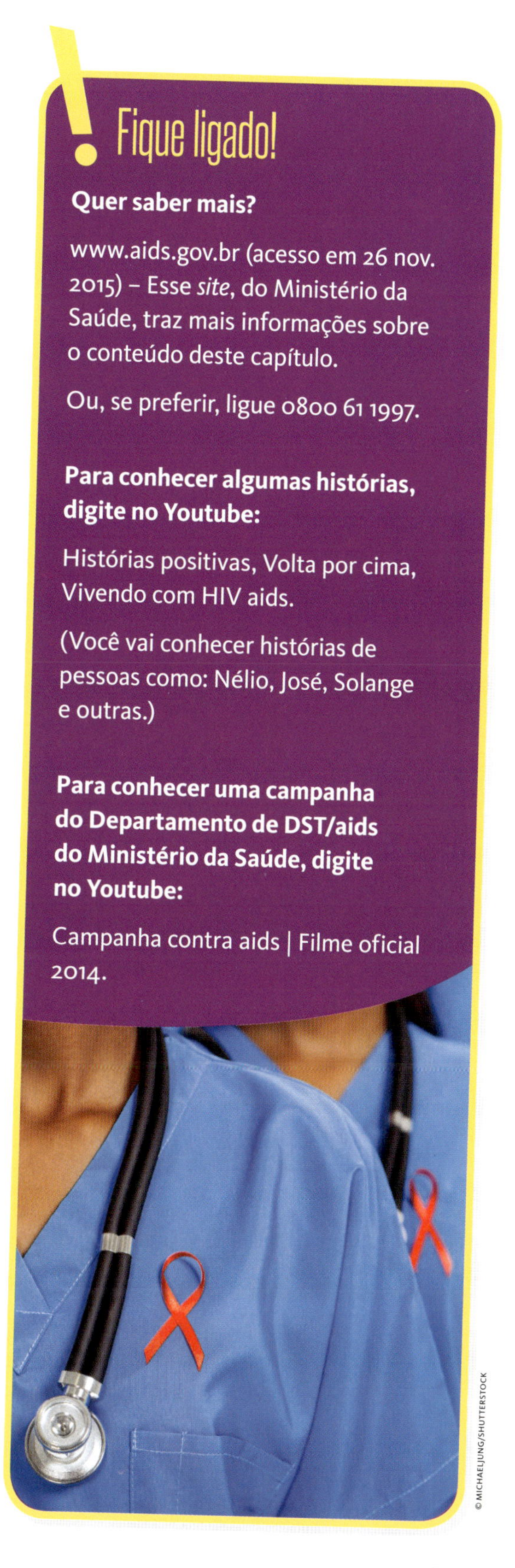

Fique ligado!

Quer saber mais?

www.aids.gov.br (acesso em 26 nov. 2015) – Esse *site*, do Ministério da Saúde, traz mais informações sobre o conteúdo deste capítulo.

Ou, se preferir, ligue 0800 61 1997.

Para conhecer algumas histórias, digite no Youtube:

Histórias positivas, Volta por cima, Vivendo com HIV aids.

(Você vai conhecer histórias de pessoas como: Nélio, José, Solange e outras.)

Para conhecer uma campanha do Departamento de DST/aids do Ministério da Saúde, digite no Youtube:

Campanha contra aids | Filme oficial 2014.

© MICHAELJUNG/SHUTTERSTOCK

Como se "pega" aids?

O HIV – nome do vírus da aids – pode ser encontrado em fluidos (líquidos) do corpo humano, como sêmen, secreção vaginal, sangue e leite materno. Sendo assim, a pessoa pode se infectar das seguintes formas:

POR MEIO DE RELAÇÃO SEXUAL SEM PROTEÇÃO

- **Sexo anal:** quando ocorre a penetração do ânus pelo pênis. Nessa relação é comum que ocorram "fissuras" na mucosa anal, como se fossem rachaduras, imperceptíveis a olho nu. Essas rachaduras funcionam, então, como "porta de entrada" para a corrente sanguínea, caso ocorra uma ejaculação e a pessoa esteja com o HIV.

- **Sexo oral:** quando o pênis ou a vulva é estimulado(a) pela boca. Caso haja HIV no sêmen ou nos fluidos vaginais e a pessoa tenha um pequeno corte na boca (até mesmo entre a gengiva e os dentes), isso também servirá de "porta de entrada" para o vírus da aids.

- **Sexo vaginal:** quando ocorre a penetração da vagina pelo pênis. O homem e a mulher podem se infectar, mas é importante ressaltar que a mulher tem mais chance, porque a vagina é um órgão receptivo.

  Os homens também têm chance de se contaminar porque o HIV se concentra na secreção vaginal quando a mulher está infectada.

POR MEIO DO SANGUE

Se no passado (década de 1980) registraram-se muitos casos de contaminação por vírus da aids por meio de transfusão sanguínea, hoje em dia, no Brasil, já há controle rígido.

As pessoas hemofílicas, que precisam de transfusão de sangue, sofreram muito logo no início da aids no Brasil, muitas delas sendo contaminadas e morrendo. Isso porque, pela própria doença, elas eram obrigadas a transfusões sanguíneas constantes e, com tantos erros e falta de controle na época, acabaram pagando um preço alto por isso.

POR MEIO DE DROGAS INJETÁVEIS

Na hora em que os usuários de drogas estão compartilhando a seringa – e isso é comum entre eles –, há troca de sangue. Mesmo que só uma dessas pessoas tenha o HIV, as outras poderão ser infectadas, porque é comum todas usarem a mesma seringa. Portanto, é importante que cada usuário tenha sua própria seringa ou utilize as descartáveis. Mas mais importante ainda é procurar ajuda e tratamento, pois a droga realmente não está com nada e o usuário só se prejudica.

Picada de mosquito transmite aids?
Garota, 13 anos.

Não!

Aproveitando: abraçar, beijar, apertar a mão, saliva, suor ou lágrima, andar ou dormir junto, usar a mesma toalha, os mesmos lençóis, talheres ou copos, piscina, utilizar o mesmo banheiro ou assento de ônibus:

NADA DISSO TRANSMITE AIDS.

DE MÃE PARA FILHO

A transmissão do HIV da mãe para o filho é conhecida também como transmissão vertical. A gestante pode passar o vírus da aids para o feto por meio da placenta, na hora do parto, ou durante a amamentação pelo leite materno.

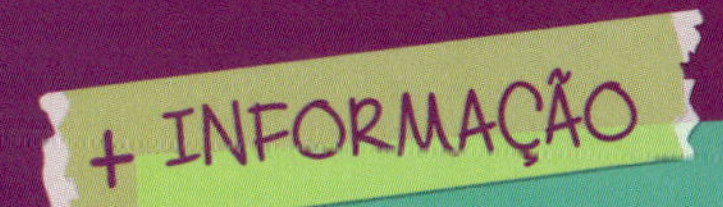

Ao tomar uma medicação injetável, exija sempre seringas descartáveis.

Não é comum haver contaminação com o uso de alicates na manicure, ou agulhas e instrumentos, no dentista. Mesmo assim, é importante que esses instrumentos sejam **esterilizados**.

Aparelhos de barbear: aqui não pode curtir nem compartilhar. Cada um deve ter o seu!

Sexo seguro

A situação é preocupante. É crescente o número de casos de aids na faixa etária entre 15 e 24.

Galera, não dá para descuidar e a camisinha tem que estar presente, sempre!

Não é porque existem políticas de prevenção, tratamento e medicamentos que você pode "chutar o balde". O que temos visto é a garotada relaxando na hora de usar a camisinha, devido aos bons resultados do tratamento. Lembre-se: é tratamento e não cura.

São mais vulneráveis as pessoas mais pobres, que vivem em situações de violência, com poucos recursos e sem condição de se alimentarem adequadamente, e que não têm acesso aos serviços de educação e saúde.

O adolescente está vulnerável – mais propenso – a se infectar com o HIV quando:

- A garota fica sem saber negociar a camisinha com o garoto. Ou sem querer pedir, com medo do que ele pode pensar dela.
- A garota aceita ter relação sexual sem camisinha porque o garoto diz que é o mesmo que "chupar bala com papel".
- Garotos e garotas não usam camisinha porque não conseguem no posto de saúde ou não têm dinheiro para comprar.

© YEKO PHOTO STUDIO/SHUTTERSTOCK

E o que mais?

A aids surgiu no Brasil há 35 anos. O primeiro caso confirmado foi em 1982, em São Paulo, e em 1983, no Rio de Janeiro, aparecendo casos por todo o Brasil, posteriormente. Como os jovens de hoje em dia não passaram por essa experiência, não têm exemplos que fazem da epidemia da aids uma coisa real e assustadora.

Teste e tratamento

O Ministério da Saúde, no final de 2014, lançou uma campanha para os jovens, da idade de vocês, com o *slogan* #partiuteste, objetivando mobilizar a garotada a fazer o teste e, no caso de um resultado positivo, começar logo o tratamento com medicamentos antirretrovirais no Sistema Único de Saúde (SUS).

E não é uma campanha isolada. Começou em 2014 e é o que deve ser feito daqui pra frente!

+ INFORMAÇÃO

Segundo o Ministério da Saúde, em oito anos foram registrados mais de 30 mil casos da doença entre jovens de 15 e 24 anos de idade.

Em 2004, havia 9,6 casos de aids em cada grupo de 100 mil habitantes nessa faixa etária.

Em 2013, o índice aumentou para 12,7 casos. Houve um aumento de 3,1 pessoas por 100 mil habitantes. Isso significa que é um grupo de pessoas se descuidando da prevenção.

E NÃO PARA POR AÍ:

Em 2004, 3.453 jovens foram detectados com o vírus da aids.

Em 2013, esse número aumentou para 4.414 jovens. Um aumento significativo de 27,77%. Isso mostra que precisamos retomar as campanhas de prevenção.

Só há um jeito de diminuir essa realidade: o uso da camisinha em toda relação sexual.

Que tal falar com seus professores e realizar uma campanha na sua escola "de jovem para jovem", após a leitura deste capítulo?

1º DE DEZEMBRO — DIA MUNDIAL DE LUTA CONTRA A AIDS

O laço vermelho que todos vocês costumam ver nas campanhas sobre a aids é símbolo de solidariedade e de comprometimento na luta contra a doença. O projeto foi criado em 1991 pela Visual Aids, grupo de profissionais de Nova York. Eles queriam homenagear amigos e colegas que tinham morrido ou estavam doentes de aids. O laço foi escolhido por sua ligação com o sangue e a ideia da paixão, e foi inspirado no laço vermelho que honrava os soldados norte-americanos na Guerra do Golfo (1990-1991).

NOSSO PAPO ESTÁ CHEGANDO AO FIM

Tomara que possamos nos encontrar por aí, em outros livros, com temas que possam ajudar você a ficar antenado com o que acontece no mundo e à sua volta. Acredito que, depois de tudo que leu por aqui, você esteja repensando alguns conceitos, construindo novas ideias e elaborando seu próprio pensamento.

A sexualidade é uma parte muito íntima de cada pessoa, e vez por outra vão acontecer situações novas com as quais, num primeiro momento, poderá ser difícil lidar. Volte a ler o livro sempre que necessário e procure conversar com alguém de confiança.

O fato de chegar ao final do livro significa que você já aprendeu uma porção de coisas que, certamente, serão úteis para sua vida toda. Procure colocar em prática algumas questões, como tratar a todos com igualdade e sem preconceito. Vale dizer aqui um ditado velho "pra caramba": "não faça com o outro o que não gostaria que ele fizesse com você".

No momento de decidir por uma relação sexual, que seja com prevenção – isso significa que você está sendo responsável consigo e com a outra pessoa.

Engaje-se numa boa causa, principalmente aquelas que buscam a igualdade entre as pessoas. A luta pelos direitos é sempre importante para a construção da cidadania e faz com que cada um cresça como pessoa. Mais tarde, quando for profissional e tiver sua família e seu trabalho, verá como isso é importante.

A adolescência é uma fase de descobertas: o primeiro amor, o amigo que pode levar pra vida toda e o período em que todos os sonhos são possíveis.

Aproveite, você tem um mundo muito feliz pela frente. Está só começando...

Qualquer dúvida escreva pra gente. Eu e a Editora Moderna estamos aqui de braços abertos.

Até breve!

Marcos Ribeiro

© GUSTAVO GUS

SOBRE O AUTOR

© ARQUIVO PESSOAL

Eu sou o Marcos, que escreveu esse livro para vocês. Sou carioca, educador, palestrante, escritor e ofereço muitos cursos sobre educação sexual, em sua maioria para professores, pelo Brasil afora. Além deste livro, tenho muitos outros para crianças, pais e professores.

Gosto muito de música, estudei teatro e deveria ter me dedicado a um esporte... Mas estou voltado para a atividade física, que é fundamental para a nossa vida.

Trabalho com consultoria e, nessa caminhada, já realizei trabalhos para o Ministério da Saúde junto ao Departamento de DST, Aids e Hepatites Virais; para o Ministério da Defesa, em um projeto de prevenção de aids em parceria com a ONU, UNESCO, Fundação Roberto Marinho, Canal Futura, empesas privadas e as Secretarias Municipal e Estadual de Educação e Saúde; e para o Ministério da Educação, com um parecer técnico para os Parâmetros Curriculares Nacionais.

Ultrapassando as fronteiras realizei, como professor, consultoria para a *John Hopkins University*, nos Estados Unidos, e oficinas sobre educação sexual para professores de educação infantil em Havana, Cuba. Além disso, um dos meus livros já foi adaptado para um seriado de televisão em Cabo Verde, arquipélago pertencente ao continente africano, e para dinâmicas com crianças no município de Serpa, na região portuguesa do Alentejo.

Costumo conversar muito com a garotada em palestras realizadas, na maioria das vezes, em escolas. Durante alguns anos fui o responsável no Brasil pela palestra "Gravidez na Adolescência", realizada simultaneamente em 70 países no Dia Mundial de Prevenção à Gravidez na Adolescência. Este bate-papo foi sempre muito legal, além de importantíssimo!

Com grande honra recebi muitas homenagens, entre elas: *Melhor autor* pela Academia Brasileira de Letras; *Reconhecimento Profissional em Sexologia*, pela Sociedade Brasileira de Sexualidade Humana, e a *Medalha Tiradentes*, que é a maior comenda entregue a uma personalidade pelo Estado do Rio de Janeiro.

Quer saber um pouco mais sobre o meu livro que virou peça de teatro, conhecer como foram alguns programas que tive em rádios, ouvir e ver entrevistas em programas de rádio e de TV e ler alguns artigos meus que são publicados em revistas? Acesse o site: www.marcosribeiro.com.br.